Noites de verão
com cheiro de jasmim

Joëlle Rouchou

Noites de verão
com cheiro de jasmim

ISBN — 978-85-225-0656-9
Copyright© Joëlle Rouchou

Direitos desta edição reservados à
EDITORA FGV
Rua Jornalista Orlando Dantas, 37
22231-010 — Rio de Janeiro, RJ — Brasil
Tels.: 0800-21-7777 — 21-2559-4427
Fax: 21-2559-4430
e-mail: editora@fgv.br — pedidoseditora@fgv.br
web site: www.editora.fgv.br

Impresso no Brasil / *Printed in Brazil*

Todos os direitos reservados. A reprodução não autorizada desta publicação, no todo ou em parte, constitui violação do copyright (Lei nº 9.610/98).

Os conceitos emitidos neste livro são de inteira responsabilidade da autora.

1ª edição — 2008

PREPARAÇÃO DE ORIGINAIS: Luiz Alberto Monjardim
EDITORAÇÃO ELETRÔNICA: FA Editoração Eletrônica
REVISÃO: Aleidis de Beltran e Fatima Caroni
CAPA: Adriana Moreno

Ficha catalográfica elaborada pela
Biblioteca Mario Henrique Simonsen / FGV

Rouchou, Joëlle
  Noites de verão com cheiro de jasmim / Joëlle Rouchou. — Rio de Janeiro : Editora FGV, 2008.
  192 p.
  Originalmente apresentada como tese da autora (doutorado — Universidade de São Paulo, 2003, com o título: Noites de verão com cheiro de jasmim: memórias de judeus do Egito no Rio de Janeiro — 1956/57).
  Inclui bibliografia.
  1. Judeus – Identidade. 2. Judeus – Rio de Janeiro (RJ). I. Fundação Getulio Vargas. II. Título.

CDD - 301.45192408153

A Fêfa e a todos os filhos do Egito

Si les fléaux de la guerre sont inévitables, ne nous haïssons pas, ne nous déchirons pas les uns les autres dans le sein de la paix, et employons l'instant de notre existence à bénir également en mille langages divers, depuis Siam jusqu'à la Californie, ta bonté qui nous a donné cet instant.

Voltaire
('prière à Dieu' em *Traité sur la tolérance*)

SUMÁRIO

AGRADECIMENTOS	11
PREFÁCIO	13
INTRODUÇÃO	17
CAPÍTULO 1 — IDENTIDADE E MEMÓRIA	27
Os entrevistados	28
Identidade	32
Identidade judaica	38
Identidade oculta	47
Memória	50
A entrevista na história oral e no jornalismo	59
Ouvir o outro	61
Caminhos da história oral	70
CAPÍTULO 2 — HISTÓRIA DOS JUDEUS DO EGITO	79
Período árabe	82
Independência do Egito	85
Partilha da Palestina	90

Capítulo 3 — Do Mediterrâneo ao Atlântico   97
   O trauma: tempo de expulsão   98
   Os bons tempos no Egito   109
   A chegada aos trópicos: primeiras impressões do Rio de Janeiro   115
   Exílio, trauma e silêncio   127
   Um Egito perdido?   141
   Memória afetiva — cores, sons e cheiros   153
   O sabor do Egito   161
   Transmissão   164
   Tradições   168

Considerações finais   175

Bibliografia   181

Agradecimentos

Escrever um livro é abrir um catálogo de contabilidade no qual só há dívidas para aqueles que me ajudaram, me suportaram, deram colo, documentos e entrevistas. Nem todas serão pagas nesta página. Apenas algumas serão saldadas.

Aos meus entrevistados, devo a eles o livro. Receberam-me sem censura em suas casas, com biscoitos, *burecas* e café. Doces tradições mediterrâneas.

Sem a ajuda acadêmica da professora Solange Martins Couceiro de Lima, orientadora atenta, cuidadosa, generosa, que passou a ser muito mais que simplesmente querida, seria impossível percorrer os caminhos rigorosos da academia. A Sônia Virgínia Moreira, sou grata pelo pontapé inicial. A Maria Antonieta Antonnacci e Ilana Strozenberg, por acreditarem na pesquisa.

Não basta escrever tem de publicar: isso graças a Alzira, Marieta e Izabel, da Editora FGV.

Aos meus colegas do setor de História da Casa de Rui Barbosa, pelo encorajamento, especialmente a Mônica Pimenta Velloso, que leu com atenção, rigor e afinco vários capítulos, Marcos Veneu, Antônio Herculano e Isabel Lustosa, pelas oportunidades que me ofereceram, Mario Machado, Rosa Maria Araújo e Rachel Valença, pelo apoio institucional. A Rosalina, pelo carinho. Aos bolsistas Rafael Bosísio e Leonardo Padilha, pelo empenho.

Na França, Tânia Gandon me abriu as portas da universidade francesa e da sua casa, na perfumada Provence. Robert Ilbert, presidente da Maison Mediterranénne des Sciences de l'Homme (MMSH) me entregou a chave de seus arquivos sobre Alexandria, fotos, e até seu gabinete, onde trabalhei, sob sua orientação, durante seis meses. Philippe Joutard teve incomum carinho e interesse pela minha pesquisa, envolvendo toda sua família.

Sônia e Osvaldo Rokab, meus anjos protetores: nunca será demais dizer *merci* para vocês dois.

Roselyne Levy Malamud, *personal* consultora para assuntos egípcios, foi sempre solícita, a qualquer hora do dia, da noite e nos feriados. Ao Marcio Moreira Alves, pela gentileza de emprestar seus arquivos.

Para Bella Stal fica mais uma dívida, pelo carinho da leitura atenta. A Renata Giese e Regina Palha agradeço a paciência e a confiança. A Olga Klajnberg, companheira desde a infância, por todas as lágrimas que derramamos juntas. A Graça Peixoto, por emprestar sua biblioteca, ler meus textos e segurar minha onda, sempre. A Sergio Malta, melhor amigo, pelo apoio e o interesse intelectual permanentes.

Tammy, Renata, Esther, Nathalia, Daulton, Carolina, Cheyenne, Doris e Samuel, prima, cunhadas e sobrinhos: essa história é de vocês!

Etty Blumenstine, tia querida, último elo com o Egito, que acompanhou todos os passos da pesquisa, leu as primeiras produções: pena que você não esteja mais por aqui.

Ao Ricardo Prada, que chegou bem no finzinho e trouxe as gargalhadas da adolescência de volta.

Titou e Philippe, irmãos e parceiros, sempre segurando minha mão, incondicionalmente: muito bom poder contar com vocês.

E para você Fêfa, filhota, tudo. Espero que meu esforço de transmissão de todas as memórias que pude armazenar seja bem-sucedido. Procurei passar a tradição mediterrânea que meus pais, Samy e Doris, me ensinaram. Afinal, eles saíram de cena cedo demais.

Prefácio

Heloísa Buarque de Hollanda

Primeiro vieram os movimentos sociais dos lendários anos 1960 com sua guerra de posição afirmando as "diferenças" e as então chamadas "minorias" sexuais e raciais como constituintes de sujeitos políticos legítimos. Guerra linda e apaixonada. Depois vieram outras décadas mais maduras, mais seguras no lidar com as "identidades minoritárias". Aqui, as guerras de posição tornaram-se guerras de manobra feitas de negociações epistemológicas, estéticas, semânticas, políticas. Não se falava mais em minorias, mas em identidades posicionais, processos de subjetivação. Não se falava mais em "raças", mas em grupos ou identidades étnicas. Foi então que passamos a lidar com um novo sonho, o sonho multicultural. O sonho de uma democracia radical onde fossem construídos canais de expressão igualitários para todas as vozes que teciam o etos do capitalismo tardio, nesta virada de milênio.

E sobreveio o susto. O novo milênio é inaugurado sob o impacto da intolerância, dos novos racismos extremados, das xenofobias violentas, do personalismo soberano. Onde perdeu-se o fio multiculturalista?

É inegável que o século XXI reconhece a presença política e os direitos das antigas minorias. É inegável que a epistemologia ocidental moderna foi cansativamente interpelada em todos os seus vieses e subtextos etnocêntricos. Tudo indica que aprendemos a reconhecer e respeitar as diferenças. Portanto, repito: onde ou como foi rompido o elo entre o longo aprendizado multicultural do século XX e a evidência da irrupção de um neo-racismo no século XXI?

No campo acadêmico vê-se um certo esforço de responder a essa indagação em trabalhos que procuraram reformatar ou mesmo redirecionar os estudos sobre as diferenças. Questões como "tradução cultural", "discursos deslocados" e os novos sentidos atribuídos à idéia de diáspora são tentativas de resposta à situação desconfortável na qual se vê o teórico cultural neste início de milênio que nasce sob a égide da tragédia das torres gêmeas ou, como dizem os norte-americanos, "sob o impacto do *nine/eleven*".

Noites de verão com cheiro de jasmim (título belíssimo!) de Joëlle Rouchou insere-se nesse esforço de entendimento. Não se trata apenas de mais uma pesquisa sobre a memória de imigrantes. Aqui, algumas variáveis no desenho do objeto de estudo fazem a diferença.

Em primeiro lugar, Joëlle vai tratar de uma migração relativamente recente, aquela que se dá em torno de 1956 e 1957, logo após a nacionalização do canal de Suez, quando Nasser quis nacionalizar também a população e exigiu que os estrangeiros ali residentes voltassem a seus países de origem. Na categoria "estrangeiro" foram incluídos os judeus, mesmo aqueles que haviam obtido passaporte egípcio. Ou seja, uma segunda "expulsão" dos judeus do Egito. Essa agora, ainda que não menos violenta, uma "expulsão" moderna, fruto de embates modernizantes. O que vai interessar à autora nesse episódio são os efeitos de mudanças traumáticas nos processos de construção de subjetividades. Aqui, não se trata do fenômeno tão atual quanto freqüente de fluxos migratórios relativamente espontâneos, já típicos da pós-modernidade. Trata-se de um alto nível de trauma social. De uma memória da expulsão. Ou seja, acerca-se da questão do reavivamento da intolerância e da xenofobia de traços racistas dos nossos tempos.

Para isso são convocados alguns discursos teóricos que, por serem fruto da experiência individual de seus autores, trazem consigo uma carga de indagação redobrada. Freud, com suas observações sobre o judaísmo enquanto produto de construções feitas através da "experiência de estrangeiridade". Hannah Arendt, que, tendo fugido para a França em 1933, só obteve nacionalidade em 1951 nos EUA, nos oferece seu *insight* fundamental sobre a alternativa *parvenu-paria*, a cultura da diáspora como meio de resistência à assimilação. Julia Kristeva e seu texto fundador *Estrangeiros para nós mesmos*. Camus, com a violência de seu romance *L'étranger*. E até — por que não? — a própria história de Joëlle Rouchou, como um daqueles que, em 1957, com cerca de 300 refugiados, a bordo do navio *Giulio Cesare*, fizeram o trajeto Alexandria/Gênova/Rio de Janeiro apenas com a passagem de ida.

É nessa perspectiva que a autora expõe sua surpresa com a escassez de fatos em sua memória sobre seu país de origem. Percebe que muito pouco lhe foi transmitido, que especificamente o trauma do exílio nunca lhe foi relatado com clareza. Percebe ainda, com idêntica surpresa, como viveu até os 21 anos apátrida, sem passaporte, aguardando a maioridade para naturalizar-se. E percebe também, através de sua própria experiência, como os jogos identitários e os sentidos do pertencimento são particularmente sutis e duramente encobertos mesmo nos mais diversos processos de transmissão da memória entre gerações. Como flagrar então os reflexos prismáticos da "estrangeiridade", da experiência dura da diferença?

Essa é a maior contribuição deste livro. Sabendo da fluidez e mobilidade da experiência diferencial, Joëlle põe-se em campo, trabalhando com extrema delicadeza como requer o tema. Em princípio, poderíamos dizer que lança mão dos métodos e práticas da história oral. Entretanto, há uma dicção bastante própria e historicamente situada no viés de Joëlle. Digamos que ela já sabe de antemão o que vai buscar como resultado das entrevistas (o que seria um paradoxo para a história oral).

Sua pauta de entrevistas já denuncia uma preocupação mais conceitual do que documental. Põe-se em campo menos centrada em fatos ou na articulação de lembranças do que em certos eixos cujos efeitos a autora insiste claramente em perseguir: trauma, exílio, afeto, emoção, saudade, lirismo. Ela procura evidenciar o fato de que a identificação ou a representação do sujeito é sempre provocada pela exigência de um outro. Explora isso. Abandona qualquer suporte material, como o recurso a fotografias ou a imagens de família ou de locais emblemáticos. Insiste na busca de memórias imaginadas.

O resultado é irrepreensível. A quase planejada manutenção de sotaques e a livre flutuação de línguas ao longo dos depoimentos coloca em pauta uma questão fundamental. A saber, os sentidos da "estrangeiridade" das línguas e sua modulação na e da ambigüidade do estrangeiro, como quer Hommi Bhabha. Outras questões não menos agudas, marcam o desenrolar dos depoimentos sob a extrema leveza da condução de Joëlle. Como em Proust (também citado neste livro), pouco a pouco a memoria sensorial — olfativa, gustativa, gestual e afetiva — começa a preencher as lacunas do depoimento racional sobre o sentimento de "estrangeiridade". Em nome de um não-definir, múltiplas vozes começam a povoar este livro.

O cheiro de jasmim se espalha explicando personagens fora do lugar, sujeitos deslocados, sofridos, rebeldes, estrangeiros. O resultado não se faz esperar. Joëlle Rouchou nos oferece, definitivamente, a alternativa de um procedimento analítico valioso para a formulação de entendimentos culturais mais profundos nesta sociedade global e diaspórica que nos espera.

Introdução

> (...) *porque foram desterrados do Egito e não puderam demorar-se, e tampouco provisões para o caminho fizeram para si.*
> Êxodo, XII, 39

Se o primeiro foi aquele descrito no Pentateuco, o segundo êxodo dos judeus do Egito ocorreu logo após a nacionalização do canal de Suez, em 1956, por Gamal Abdel Nasser. Dessa vez sem ter Moisés como guia para abrir o mar Vermelho. Todos os anos os judeus comemoram o *Pessach* — a páscoa judaica —, a libertação dos judeus do Egito, uma tradição mantida há 4 mil anos. Essa festa é passada em família, e lê-se um texto, a "Hagadá", que narra com detalhes a origem do judaísmo, retrocedendo até os primeiros antepassados, e descreve a saga do povo no Egito, as pragas e a saída da terra onde os judeus eram escravos. Nos jantares repete-se a cada ano: "éramos escravos do faraó do Egito, e o Senhor libertou-nos do Egito com mão poderosa". É a festa da libertação.

Depois de libertados, levas de judeus, durante mais de cinco séculos, voltaram ao Egito, fugindo de outras expulsões. Por que essa volta à terra onde seus antepassados foram escravos? As razões podem ser históricas, conjunturais e econômicas, não é uma questão que trataremos aqui. Talvez essa saída do Egito fique no imaginário, não passe de outra fuga dos judeus de terras como Portugal, Espanha, Alemanha, para lembrar algumas. O símbolo da expulsão, da saída apressada, sem dar tempo de o pão fermentar, repetiu-se. O objetivo deste livro é ouvir estes últimos expulsos do Egito do século XX, sua versão para os acontecimentos, como perceberam a saída e como reconstroem suas vidas, identidades, o que transmitem para a segunda geração, sob o manto da memória, na cidade do Rio de Janeiro.

O judeu como exilado é tema recorrente em vários autores, em particular Freud, que tratou da questão do estrangeiro e do Egito, por meio do personagem bíblico de Moisés. Freud escreveu *Moisés e o monoteísmo* em plena época anti-semita na Europa e denunciou, segundo Fuks (2000:88), "a estrutura religiosa do totalitarismo anti-semita que, sob o signo do ódio, fomentava uma cultura de hostilidade mortal ao outro". Segundo Fuks,

> O ponto de partida do trabalho analítico de Freud é que Moisés, o homem que criou e fundou a religião mosaica, era um egípcio. A hipótese de que o fundador do judaísmo teria sido um estrangeiro não foi propriamente uma novidade do inventor do método analítico. (...) A despeito da incompreensão de muitos, da resistência de historiadores e antropólogos, Freud insistiu em "destituir um povo do homem que ele celebra como o maior de seus filhos", para demonstrar que o judaísmo é produto de uma construção que se faz através da experiência de estrangeiridade e que se marca pela incompletude.[1]

A análise de Moisés, o egípcio, reforça a idéia do escritor e crítico literário André Aciman, nascido no Egito e hoje professor de literatura em Harvard: trata-se da repetição da história com um adendo à citação marxista. O Egito como metáfora para judeus e não-judeus, uma repetição de êxodos que não se restringiu ao Egito. Diz Aciman (2000:182): "tudo em história acontece duas vezes, escreveu Marx; a primeira vez como tragédia, a segunda como farsa. Ele se esqueceu de acrescentar que a história dos judeus é repetição, a história da repetição".

---

[1] Fuks, 2000:89.

Passar o *Pessach* no Egito, segundo Aciman, parece uma contradição. Nesse êxodo de 1956, os judeus do Egito que chegaram ao Rio de Janeiro expulsos de seu país não viviam esse conflito. Afinal, várias nacionalidades conviviam civilizadamente nas cidades do país. Mas todos, franceses, ingleses, gregos, italianos, iugoslavos, armênios e judeus, tiveram de deixar o país. Os entrevistados percebiam o Egito de Moisés como outro lugar e continuavam a repetir o mesmo texto todos os anos, ainda no Egito.

Freud também o faz buscando em Moisés, na sua identidade, os traços do estrangeiro que funda uma religião, sem ídolos nem bezerros de ouro, caminhando pelo deserto por 40 anos. O estrangeiro, ungido com as águas do rio Nilo, criado pela nobreza do Egito, filho da princesa, será o condutor do povo hebreu rumo à Terra Prometida. Como diz Fuks:

> Moisés, o egípcio, inventa o judeu: então, todo judeu é um egípcio, isto é, está para além da raça, da língua, do nominalismo e da identidade. E o que o judeu inventado por Moisés, o egípcio, inventa segundo as observações de Lacan no ensaio "A morte de Deus" é a concepção de um Deus cuja presença define-se por uma ausência radical e absoluta e uma ética de superação das idolatrias. Ora, apenas a presença do estrangeiro, aquele que denuncia a presença de uma diferença irredutível dentro de uma totalidade, é capaz de assegurar tal ética. Por isso a insistência de Freud em fazer de Moisés um egípcio.[2]

O grupo de judeus do Egito aqui estudado foi expulso da terra que consideravam sua; muitos dos que lá estavam há mais de três gerações até obtiveram um passaporte egípcio. Tinham, sim, uma cidadania oficial de que se orgulhavam. Construíram-se

---
[2] Fuks, 2000:90.

como cidadãos alexandrinos ou cairotas, com todo o cosmopolitismo em voga desde o início do século XX. No final de 1956, após a guerra do canal de Suez, Nasser quis nacionalizar não somente o canal, mas também a população, exigindo que todos os estrangeiros voltassem para seus países de origem. Na categoria "estrangeiro" entraram também os judeus, mesmo aqueles com passaporte egípcio, o que coloca um problema étnico: etnia e cidadania são a mesma classificação? Para resolver esse truísmo, Nasser decreta que os cidadãos egípcios de fé judaica que "quisessem" sair do Egito — na verdade por serem judeus — teriam de abrir mão de sua nacionalidade egípcia.

Uma pessoa ser obrigada a deixar de ser aquilo que foi durante anos, eis uma questão merecedora, a meu ver, de um olhar investigativo. Com uma assinatura obtida à força, um cidadão se transforma num ser sem pátria, sem documentos, apenas munido de um *laisser-passer* que lhe permite sair de seu país e ir para outro, onde tem de travar uma batalha para poder existir. Vários judeus do Egito que passaram por essa situação de pária costumam contar a seus filhos essa saga e como foram os primeiros anos de adaptação num novo país.

O fato de ter alguém que pensar em si de outra forma é muito traumático. Vai-se trabalhar aqui com uma memória traumática, com as memórias de alguns membros do grupo que trocaram Alexandria ou o Cairo pelo Rio de Janeiro. Não se vai trabalhar aqui com a memória de elites ou de intelectuais, mas com a memória de sujeitos hifenados — que se constroem em duas etnias, como esses árabes-judeus ou, noutro exemplo mais recorrente, os afro-brasileiros —, de sujeitos que tiveram de se reciclar em toda a sua cultura para poder viver noutro lugar. Isso em si já é traumático. Se tivessem vindo por livre e espontânea vontade, é de se supor que tivessem vindo como imigrantes, como tantos recebeu o Brasil no começo do século XX. Sabemos que imigração nem sempre é voluntária, as condições econômicas, geográficas e sociais acabam forçando determinada família ou grupo a tentar a vida em outro lugar. Mas há sempre a perspectiva da volta, a porta do país permanece aberta.

Aqui se trata de expulsão. De uma mudança traumática, principalmente para os filhos, que não sabem por que os pais decidiram sair. Uma memória de expulsão. De pessoas que em 15 dias se viram obrigadas a deixar não só sua terra, seu chão, suas raízes, mas suas vidas, seus bens, seu modo de ser e de se relacionar; e a entrar num navio, para desembarcar algum tempo depois num lugar em que provavelmente nunca tinham pensado. Mesmo porque eles enviaram pedidos de visto para vários países. É duro imaginar que muitos deles estavam fazendo as malas apressadamente sem saber para onde iriam. O resultado é um alto e intenso nível de trauma social. É essa a questão fundamental para se pensar a subjetividade e a identidade que eles construíram no Rio de Janeiro.

Meu interesse pelo tema justifica-se também pelo fato de eu pertencer a esse grupo: nasci em Alexandria e, aos três meses, em 1957, fui trazida para o Rio de Janeiro a bordo do *Giulio Cesare* com cerca de 300 pessoas que também fariam o mesmo trajeto apenas com passagem de ida: Alexandria/Gênova/Rio de Janeiro. Cresci ouvindo as histórias do Egito, dos escoteiros, dos bandeirantes, tendo como primeira língua o francês, meus pais falando entre eles árabe ou inglês para que as crianças não entendessem. Meu paladar foi apurado na culinária árabe, todas as festas judaicas sempre foram comemoradas com pratos árabes, música de odaliscas, sons das mil e uma noites. A condição árabe-judia nunca me pareceu uma contradição. Tudo indica que o é. O Egito tolerante e cosmopolita, assim como um mundo árabe que aceite outra vez os judeus, ou o Estado de Israel recebendo dignamente os palestinos, parece uma utopia. Serão etnias tão diversas?

A primeira memória a ser reativada era a minha. Relembrar todas as histórias que ouvi na infância, histórias que sempre pareciam fantasiosas, com ingredientes orientais que iam desde dança do ventre, amêndoas e tâmaras até pôr-do-sol colorido, areias do deserto, mais comidas e muitos perfumes. Percebi que muito pouco me foi transmitido. Até mesmo a história dos judeus do Egito, a trajetória dos ascendentes até lá chegarem é um mistério para todos. Havia diversos relatos de vinda da Rússia, da Áustria, quem sabe com as tropas de Napoleão — ele mesmo — Bonaparte, ou mesmo de uma imigração desde a Inquisição, partindo da Espanha para uma longa travessia pela bacia do Mediterrâneo. Não é privilégio da minha família uma certa ignorância sobre os ascendentes da terceira geração. As mesmas dúvidas sobre a origem dos avós, em que momento histórico chegaram ao Egito, como foram parar naquele país, também são compartilhadas com os entrevistados. Na internet há discussões sobre árvores genealógicas, e alguns descendentes estão buscando as raízes e os galhos que determinam sua existência.

Vamos investigar as identidades étnicas em processo de um grupo de exilados do Egito que se instala no Rio de Janeiro na década de 1950; como eles transmitem essa identidade à segunda geração e como esses filhos constroem suas próprias identidades. As entrevistas são os recursos utilizados para a coleta de dados. Esse instrumento fundamental do jornalismo, também empregado pela história oral, oferece uma quantidade de informações que permite uma análise mais detalhada do processo de construção da identidade.

Interessa saber como se deu e ainda se dá essa construção, que vai incorporar o Brasil, o Rio de Janeiro e uma nova língua, e quais os efeitos dessa identidade transmitida aos filhos. Como essa identidade se reconstrói? Como ela ganha esses contornos? O grupo estabelecido no Rio de Janeiro ainda não foi estudado; no caso de São Paulo, porém, duas teses trataram da questão dos judeus do Egito.[3] O resgate da memória do grupo aqui focalizado aponta para novos horizontes na história da cidade do Rio de Janeiro. Seguindo o caminho traçado pela socióloga francesa Anne Muxel (1996), considera-se "a memória como um operador da construção da identidade do sujeito, isto é, como o trabalho de reapropriação e negociação que cada um deve fazer em relação a seu passado para chegar à sua própria individualidade".

---

[3] Ver Leftel, 1997; e Mizrahi, 1996.

Neste livro trataremos da falta de homogeneidade da identidade judaica, investigando como se dá o processo de transmissão da memória para a primeira geração inserida no contexto social do Rio de Janeiro. Afinal, que Egito lhes foi transmitido?

No Brasil, os grupos de judeus utilizam diversos códigos de identificação; há judeus asquenazitas (da Europa) e sefaraditas (do Oriente) com características próprias, com valores e fronteiras étnicas diferentes. Há várias formas de se construir uma identidade judaica.

Veremos também como foi a integração desse grupo oriental na sociedade carioca e qual a situação política e econômica no Brasil quando da chegada desses imigrantes qualificados. Qual o conceito de nação para eles? Como lidar com os múltiplos pertencimentos nacionais dos judeus na diáspora? Como foram aceitos? Aceitaram a nova vida? Como lidaram com o novo estilo de vida?

A Páscoa, definitivamente, é uma festa que marca a infância dos intelectuais judeus. O escritor Elias Canetti (1987:32) evoca a noite do *Pessach* como uma lembrança afetiva, de reunião, de comemoração. Uma festa que reunia a família e os amigos de Ruschuk, na Bulgária:

> Toda a família se reunia para a noite de Seder, que era festejada em nossa casa. Era costume fazer entrar, da rua, duas ou três pessoas estranhas, que eram convidadas à mesa e participavam de tudo. À cabeceira sentava-se o avô, que lia a *Hagadah*, a história do êxodo dos judeus do Egito (...) Tudo era muito caloroso e acolhedor, a atmosfera da antiga narrativa, em que tudo era simbólico e tinha seu devido lugar.

Esse simbolismo da festa é transmitido às gerações seguintes. O fato de o Egito simbolizar uma terra de sofrimento e expiação não impediu que os judeus voltassem para lá séculos depois do episódio do êxodo. Uma notícia publicada no jornal comunitário *Alef*, em janeiro de 2003, chama a atenção pela repetição do fenômeno: há 100 mil judeus na Alemanha, atualmente a terceira comunidade judaica da Europa. Esse retorno, pouco tempo depois do extermínio de 6 milhões de judeus comandado por Hitler, permite uma comparação com os judeus do Egito, que também retornaram à terra que os expulsou:

> Nos últimos 12 anos, o número de pessoas de origem judaica vivendo na Alemanha triplicou, passando de 30 mil antes da reunificação, em 1990, para quase 100 mil em 2002. Agora, a Alemanha abriga a terceira maior comunidade judaica da Europa — que continua crescendo a cada dia. O principal motivo do crescimento do número de judeus é a migração. Milhares de famílias judias que viviam no Leste europeu estão se dirigindo para a Alemanha. Elas saem de seus países fugindo da discriminação e acreditam em uma vida melhor em solo alemão, onde viviam 600 mil judeus antes da II Guerra Mundial. O anti-semitismo ainda existe na Alemanha de maneira latente, mas os alemães provaram em episódios recentes que esse sentimento não é compartilhado pela maioria da população. Nenhum partido neonazista ou de raízes anti-semitas está representado no Parlamento. Quando um político divulgou um folheto anti-semita, pouco antes das últimas eleições neste ano, ele foi severamente criticado por todas as forças democráticas. Agora ele está em vias de ser expulso do partido.

A psicanalista norte-americana Charlotte Kahn foi a Berlim em 2001 entrevistar 32 alemães, judeus ou não, que voltaram à Alemanha após a II Guerra e que ela chamou de *remigrants*. Kahn constatou ali um esforço para receber judeus, com a construção de sinagogas e escolas judaicas. Nota-se, segundo ela, uma tentativa de superar as culpas, havendo muitos casamentos mistos. Alguns alemães-judeus regressaram de experiências migratórias não satisfatórias em Israel ou em outros países da Europa. A tensão é permanente na sociedade:

De qualquer forma, diferentemente dos cidadãos alemães dos anos 30, a maioria dos alemães de hoje — não-judeus e judeus — são vigilantes. Eles opinam, organizam programas educacionais e contramanifestações, querem apoiar e viver de acordo com sua constituição federal democrática. Serão normais as relações maioria-minoria entre não-judeus e judeus alemães? Se normal significa o que é razoável se esperar após a devastadora história recente, então, sim. Se normal significa distensão, então, definitivamente não.[4]

Esses retornos podem significar uma identificação com as terras dos pais ou avós, uma memória atávica impulsionando a necessidade de remexer as raízes mais profundas. Se assim for, o Brasil se inclui na lista de terras prometidas, adotadas por judeus.

O primeiro capítulo deste livro trata, pois, das questões de identidade e memória, buscando uma reflexão mais profunda por meio do diálogo com os teóricos do assunto e investigando a identidade judaica e a identidade oculta. Nele examinaremos também as semelhanças e diferenças no uso da entrevista na história oral e no jornalismo.

O segundo capítulo focaliza a história dos judeus no Egito, uma trajetória irregular, ao sabor dos ventos da política de cada governante. Uma história não muito familiar para nós do Brasil. É uma viagem aos tempos áureos dos faraós, da convivência entre os povos. Esta é possível.

Por fim, analisaremos a memória em suas diversas manifestações, tão recorrentes nas falas dos entrevistados: memória olfativa, gustativa, corporal e afetiva, deflagradora de lembranças e relatos. O sabor do Egito. Veremos como repercute neles o trauma da expulsão, como era o Rio de Janeiro quando de sua chegada, na era JK, suas primeiras impressões dos trópicos, o exílio, o silêncio e o trauma. Vamos conhecer os relatos da segunda geração, nascida no Brasil, e os resultados da transmissão da memória dos judeus do Egito, construída, reconstruída e passada a seus filhos.

---

[4] Kahn, 2001.

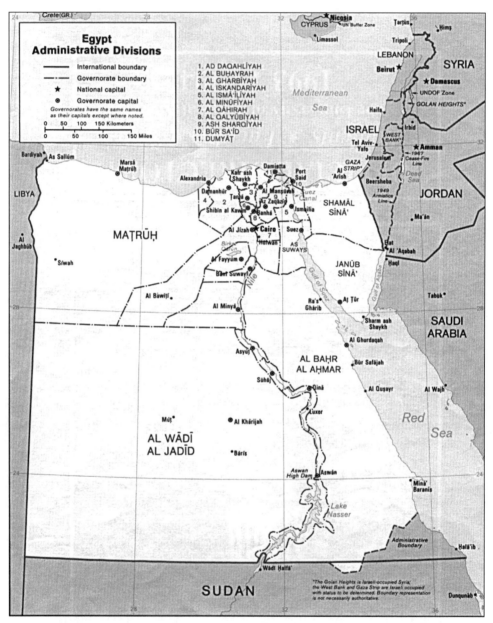

Fonte: The University of Texas at Austin, Perry-Castañeda Library Map Collection. Disponível em <www.lib.utexas.edu/maps/africa/egypt_admn97.jpg>.

Capítulo 1

Identidade e memória

Este livro se insere na linha de estudos contemporâneos que buscam resgatar histórias traumáticas e silenciadas que são fundadoras de novas identidades. Os dois temas fundamentais aqui abordados são, pois, identidade e memória, ou seja, temas que permanecem em aberto. Tanto a identidade quanto a memória são processos dinâmicos, em permanente construção, nos quais os verbos estão sempre no gerúndio. Ambos dependem das histórias pessoais e coletivas, além de fatores geográficos, cronológicos, afetivos, entre outros. São processos que estão constantemente *se fazendo*, sujeitos a todas essas variáveis. Bhabha (2001:76) nos fornece algumas pistas:

> a questão da identificação nunca é a afirmação de uma identidade dada previamente, nunca uma profecia *auto*cumpridora — é sempre a produção de uma imagem de identidade e a transformação do sujeito ao assumir aquela imagem. A exigência da identificação — isto é, *para* um Outro — implica a representação do sujeito na ordem diferenciadora da alteridade. A identificação (...) é sempre o retorno de uma imagem de identidade que traz a marca da fissura no lugar do Outro de onde ela vem.

Segundo Hall (1999:38), a identidade é algo formado ao longo do tempo, através de processos inconscientes, e não (...) algo inato, existente na consciência no momento do nascimento. Existe sempre algo "imaginário" ou fantasiado sobre sua unidade. Ela permanece sempre incompleta, está sempre "em processo", sempre "sendo formada". (...) Em vez de falar da identidade como uma coisa acabada, deveríamos falar de *identificação*, e vê-la como um processo em andamento. A identidade surge não tanto da plenitude da identidade que já está dentro de nós como indivíduos, mas de *uma falta* de inteireza que é "preenchida" a partir de nosso *exterior*, pelas formas como nós imaginamos ser vistos por *outros*.

Na questão da identidade, recorremos a esses dois autores, além de Renato Ortiz, Fredrik Barth e Michael Fischer. Para nos esclarecer sobre a memória, seguiremos as pistas de Halbwachs, Ecléa Bosi e Anne Muxel. No que se refere especificamente à identidade judaica, nos valemos de Jeffrey Lesser, Hannah Arendt e Jacques Hassoun, trabalhando com a transmissão dessa identidade por intermédio da memória.

Os entrevistados

O grupo de entrevistados para a pesquisa que deu origem a este livro compunha-se de 11 imigrantes/exilados, com idade entre 59 e 81 anos, e quatro filhos de judeus do Egito, contando de 25 a 38 anos. Para preservar-lhes o anonimato, utilizamos iniciais, não necessariamente as deles. Da primeira geração, eram seis mulheres e cinco homens, e da segunda, três homens e uma mulher. Todos trabalhavam ou já haviam trabalhado. Um deles, L., faleceu em 2000, aos 81 anos.

Os imigrantes vieram para o Rio de Janeiro entre 1956 e 1957, em conseqüência de movimentos políticos pan-árabes que queriam expulsar os estrangeiros dos territórios árabes, colonizados por europeus. Havia anti-semitismo, constrangimentos de ordem econômica e política. Chegaram de navio — com exceção de L., que fora de avião para a França e depois para cá —, cumprindo o roteiro Alexandria/Gênova/Rio de Janeiro. De modo geral, vieram para o Brasil por motivos diversos, pois precisavam sair e corria entre os judeus o rumor de que o governo brasileiro estava autorizando a imigração. Pediram visto à embaixada brasileira no Cairo, apresentando cartas de entrada de amigos seus já aqui estabelecidos.

Todos têm hoje uma situação socioeconômica confortável, de classe média ou classe média alta, urbana. Vieram sem recursos, pois foram proibidos de retirar seu dinheiro. Alguns recuperaram boa parte dele após os entendimentos entre Egito e Israel, mas, em todo caso, encontraram rapidamente emprego ao chegar. Para obter maior diversidade de relatos, os entrevistados da segunda geração não são filhos dos da primeira.

A história oral foi a metodologia escolhida para abordar o tema em questão, por oferecer uma técnica de entrevista não utilizada em comunicação social. As fontes são os entrevistados e as elaborações que fazem de suas histórias. Mergulhar nas narrativas, transcrevê-las, ouvi-las ou lê-las dezenas de vezes é privilégio do pesquisador que trabalha com história oral. A cada nova leitura surgem novas percepções dos conflitos relatados. Por mais específico que seja o meu recorte, um turbilhão de experiências e emoções me espreitava a cada entrevista. Fui à casa de cada um deles, gravador em punho, deixando as fitas registrarem todas as interrupções, chamadas ao telefone, conversas com filhos ou marido, para que o ambiente que os envolve me permitisse entender melhor os processos e a dinâmica de sua inserção na nova sociedade. A primeira pergunta, referente ao passado no Egito, ao momento da partida e à chegada no Rio de Janeiro, sempre era feita em português. Vários responderam em francês, e os que preferiram fazê-lo em português recorreram também àquele idioma para relatar certos episódios.

Os da segunda geração, apesar de falarem francês, fizeram suas narrativas num português bem carioca. Tive a impressão de que era a primeira vez que eles se perguntavam o que significava ser filho de judeu do Egito e se isso tinha alguma influência em seu cotidiano de cidadãos brasileiros. A construção de sua identidade e memória parecia dar-se à medida que relatavam suas histórias, muitas vezes contraditórias, entre lágrimas, risos, sorrisos e com certa cumplicidade comigo: ao marcar uma entrevista, eu sempre lhes informava que havia nascido no Egito, tendo vindo de lá em 1957 para o Rio de Janeiro. Assim como eles.

Eis uma breve apresentação do grupo de entrevistados (idades em 2001):

A., 66 anos, secretária-executiva aposentada, tem três filhos e três netos;

B., 69 anos, aposentada, casada, trabalhou como secretária. Mãe de duas filhas, esteve num campo de concentração no Cairo;

C., 63 anos, trabalhou como secretária numa multinacional. Tem dois filhos;

C. A., aposentado, pai de cinco filhos;

C. R., 73 anos, comerciante, dono de uma loja de roupas para gestantes e recém-nascidos. Aficionado por cinema. Dois filhos;

L., morreu em 2000, com 81 anos. Era industrial da área têxtil. Tinha um filho;

M., 76 anos, fabricante de sapatos, aposentado. Aficionado por tênis. Duas filhas;

O., 71 anos, comerciante, representante de produtos eletrônicos. Três filhos;

R., 59 anos, psicanalista, mãe de três filhos, tem um neto;

S., 66 anos, decoradora, mãe de três filhos;

T., 56 anos, arquiteta e socióloga, professora da UFRJ, mãe de duas filhas.

Segunda geração:

D., 37 anos, concursado do Itamarati, hoje residente em Brasília;

L. H., 25 anos, comerciante, mãe de um filho, grávida do segundo;

M. P., 31 anos, economista, administra lojas da família;

P., 38 anos, administrador de empresas, hoje residente em São Paulo.

Para delimitar o objeto de estudo era necessário traçar o perfil desse grupo, conhecê-lo numericamente. No Arquivo Nacional podem-se consultar as fichas dos passageiros dos navios aportados ao Rio de Janeiro entre julho de 1956 e junho de 1958, feitas pela Polícia Federal. Com base nesses dados, encontramos 457 passageiros que fizeram o trajeto Alexandria/Gênova/Rio, dos quais pudemos identificar 295 como judeus. Eis os critérios adotados para diferenciar judeus de não-judeus:

- ter-se declarado judeu; afinal, não havia motivo para se apresentar como judeu quem não o fosse realmente;
- por outro lado, como muitos judeus se declararam católicos, foi necessário verificar seu nome, sobrenome e nacionalidade, além de consultar os próprios imigrantes.

Buscando maior rigor no levantamento, elaboramos duas tabelas estatísticas: uma referente a todo o grupo e outra apenas aos judeus. Entre estes, metade era apátrida e os demais dividiam-se entre italianos (16,3%), gregos (16,3%), franceses (5,9%), espanhóis (35%) e outros. A maioria viajou na terceira classe dos navios e veio com a família (92,9%).

Nas edições de 1956/57 do jornal carioca *Correio da Manhã* quase não há registros da chegada desses imigrantes, apenas uma matéria sobre um grupo hospedado no centro da cidade. Mas há notícias do Egito, sobre a guerra do canal de Suez, numa ampla cobertura feita pelo então jovem repórter Márcio Moreira Alves, enviado especial àquele país.

Identidade

A abertura interdisciplinar favorece uma nova postura na metodologia de pesquisa em comunicação, na medida em que o pesquisador pode atuar em várias frentes, abrindo novos caminhos à reflexão. Segundo Lopes (2001),

> Os métodos não são simples instrumentos ou meios, são antes cristalizações de enunciados teóricos que permitirão ou não revelar aspectos e relações fundamentais no objeto estudado. É da adequação entre teoria, método e objeto concreto que emerge a primeira formulação da problemática da pesquisa e, portanto, do próprio objeto científico e dos resultados da investigação.

Essa incursão por outros campos das ciências sociais é também defendida por Canclini, que vê no esforço conjunto transdisciplinar um outro modo de enxergar a situação político-cultural da América Latina. Ele emprega o termo "hibridação" para definir as diversas mesclas interculturais, a coexistência de culturas étnicas com novas tecnologias:

> Assim como não funciona a oposição abrupta entre o tradicional e o moderno, o culto, o popular e o massivo [meios de comunicação de massa], não estamos habituados a encontrá-los. É necessário demolir essa divisão em três pavimentos, essa concepção em camadas do mundo da cultura, e averiguar se sua *hibridação* pode ser lida com as ferramentas das disciplinas que os estudam separadamente: a história da arte e a literatura, que se ocupam do "culto"; o folclore e a antropologia, consagrados ao popular; os trabalhos sobre comunicação, especializados na cultura massiva [de massa]. Precisamos de ciências sociais nômades, capazes de circular pelas escadas que ligam

esses pavimentos. Ou melhor: que redesenhem esses planos e comuniquem os níveis horizontais.[5]

Entendemos, então, que o diálogo entre a teoria e o factual é um exercício constante na elaboração do objeto de estudo. Portanto, nossa pesquisa se baseia nas articulações e nas dinâmicas escolhidas para a construção da identidade dos entrevistados, inseridos nos diversos grupos étnicos existentes no Brasil. Para tanto se utilizam vários suportes, tanto os orais, por meio de entrevistas, quanto a bibliografia específica, além de documentos. A idéia é misturar vários discursos sobre um mesmo tempo, procurando discernir as nuanças de ponto de vista pessoal, mas também as emoções, os sentimentos, a afetividade.

Isso aponta para uma análise mais detalhada do processo de construção da identidade. A entrevista é um instrumento que exige outra construção: a da memória. Como se deu e ainda se dá essa construção, que vai incorporar o Brasil, o Rio de Janeiro, uma nova língua e novos hábitos? Como o grupo em questão estabelece suas relações sociais em meio às diversas etnicidades que coexistem no Brasil?

Há poucos estudos sobre judeus sefaraditas e orientais, como já mencionamos. Mizrahi (2000) dá ênfase ao perfil dos primeiros imigrantes judeus orientais no Brasil, principalmente em São Paulo, e à formação das comunidades e sinagogas de linha oriental. Leftel (1997) privilegia a história dos judeus no Egito, por meio de documentação em arquivos norte-americanos e israelenses, e a imigração para São Paulo. Flanzer (1994) focaliza a trajetória dos judeus da ilha de Rodes e sua adaptação como grupo na cidade do Rio de Janeiro, procurando igualmente entender a construção da identidade a partir de relatos de imigrantes.

Não trataremos aqui exaustivamente da questão da identidade nacional, amplamente debatida nas áreas de sociologia, an-

---

[5] Canclini, 1998:19.

tropologia e ciência política. Mas não deixaremos de mencionar mais adiante alguns conceitos de identidade nacional brasileira formulados por Roberto DaMatta, Bernardo Sorj e João Baptista Borges Pereira. O panorama que procuramos traçar ajudará a compreender melhor a idéia de Brasil que o grupo construiu individualmente e transmitiu à segunda geração.

O conceito de identidade foi amplamente discutido por Hall (1999), que prefere lidar com a noção de identidades culturais, no plural, por entender que "o sujeito (...) está se tornando fragmentado; composto não de uma única, mas de várias identidades, às vezes contraditórias ou não-resolvidas".

Sua concepção de sujeito pós-moderno é instigante, pois ele o vê como um caleidoscópio, não mais dotado da rigidez de uma identidade monolítica. Aliás, a trajetória do grupo aqui estudado, as mudanças repentinas a que foram submetidos esses judeus do Egito, as diversas adaptações que lhes foram impostas por circunstâncias externas, a negociação que tiveram de estabelecer com as diversas identidades em cada país nos permitem estabelecer um diálogo com os conceitos de Hall:

> A identidade torna-se uma "celebração móvel": formada e transformada continuamente em relação às formas pelas quais somos representados ou interpelados nos sistemas culturais que nos rodeiam. É definida historicamente, e não biologicamente. O sujeito assume identidades diferentes em diferentes momentos, identidades que não são unificadas ao redor de um "eu" coerente. Dentro de nós há identidades contraditórias, empurrando em diferentes direções, de tal modo que nossas identificações estão sendo continuamente deslocadas. (...) A identidade plenamente unificada, completa, segura e coerente é uma fantasia. Ao invés disso, à medida que os sistemas de significação e representação cultural se multiplicam, somos confrontados com uma multiplicidade desconcertante e cambiante de identidades possíveis,

com cada uma das quais poderíamos nos identificar — ao menos temporariamente.[6]

A complexa questão da identidade ou das identidades encontra em Bhabha (2001) um pensador inquieto. Suas férteis indagações propiciam uma abertura para novas análises, para novos questionamentos sobre subjetividades que ele chama de entre-lugares. Sua inquietação intelectual o conduz a espaços originais do pensamento, rompendo fronteiras e limites, mergulhando em interstícios. Nesses entre-lugares, a seu ver, encontra-se a chave para novos conceitos de nação mais abrangentes, negociados entre as variáveis e as múltiplas possibilidades aí contidas. Bhabha, como Hall, pensa a questão do multiculturalismo em termos de identidades múltiplas, englobando as idéias de hibridismo cultural (pertencimento a mais de uma cultura) e de cosmopolitismo vernacular (ligações com uma identidade local e mundial). É a questão do "jogo das identidades e suas conseqüências" que está em discussão.

Essas máscaras identitárias, ou papéis que se escolhe interpretar, vão-se transformar conforme a situação vivida pelo sujeito. Hall cita o exemplo da indicação, em 1991, pelo então presidente George Herbert Bush (pai), de um juiz negro, Clarence Thomas, de tendência política conservadora. Bush queria restaurar a maioria conservadora na Suprema Corte americana. Segundo Hall, Bush entendia que os eleitores brancos provavelmente apoiariam Thomas por suas posições conservadoras e que os negros o apoiariam por ele ser negro. Em suma, o presidente estava fazendo o "jogo das identidades". Um fato veio complicar a indicação, pois o juiz foi acusado de assédio sexual por uma mulher negra. Entre os negros havia uma cisão: alguns apoiavam Thomas por causa da cor, enquanto outros eram contrários a ele por causa da questão sexu-

---

[6] Hall, 1999.

al. As mulheres negras também estavam divididas, segundo Hall (1999:19), "dependendo da identidade que prevalecia: sua identidade como negra ou sua identidade como mulher". Os homens brancos se dividiram segundo sua identificação com o racismo ou o sexismo. As mulheres brancas conservadoras apoiavam Thomas porque eram contrárias ao feminismo, e as feministas brancas se opunham ao juiz por causa da questão sexual. Para Hall, tudo isso remete ao jogo das identidades.

Assim, veremos que os entrevistados, em diversas situações — como a maioria dos indivíduos — vão negociar com suas múltiplas identidades e pertencimentos. Ora é melhor apresentar-se como judeu, ora como brasileiro, ou oriental, ou árabe, inclusive usando a língua árabe. Hall e Bhabha vêem essas identidades como um conceito mais complexo do que hegemônico e mostram como as representações são acionadas em cada situação. Eis como Bhabha resume o seu ponto de vista:

> O afastamento das singularidades de "classe" ou "gênero" como categorias conceituais e organizacionais básicas resultou em uma consciência das posições do sujeito — de raça, gênero, geração, local institucional, localidade geopolítica, orientação sexual — que fazem parte de qualquer pretensão à identidade no mundo moderno. O que é teoricamente inovador e politicamente crucial é a necessidade de passar além das narrativas de subjetividades originárias e iniciais e de focalizar aqueles momentos ou processos que são produzidos na articulação de diferenças culturais. Esses "entre-lugares" proporcionam o terreno para a elaboração de estratégias de subjetivação — singular ou coletiva — que dão início a novos signos de identidade e postos inovadores de colaboração e contestação, no ato de definir a própria idéia de sociedade.[7]

---
[7] Bhabha, 2001:19.

O sujeito fragmentado — da pós-modernidade — defronta-se com suas identidades culturais, e não mais com uma identidade hegemônica. Hall nos dá a chave para o conhecimento das identidades do nosso grupo de entrevistados a partir da questão da nacionalidade, passando pela condição de exilados e de naturalizados, com uma identidade oficialmente adquirida:

> No mundo moderno, as culturas nacionais em que nascemos se constituem em uma das principais fontes de identidade cultural. Ao nos definirmos, algumas vezes dizemos que somos ingleses ou galeses ou indianos ou jamaicanos. Obviamente, ao fazer isso estamos falando de forma metafórica. Essas identidades não estão literalmente impressas em nossos genes. Entretanto, nós efetivamente pensamos nelas como se fossem parte de nossa natureza essencial.[8]

Barth (1997:188) traz uma importante contribuição para o estudo de grupos étnicos ao analisá-los em função de sua organização social, além de seus traços culturais comuns. Ele desloca o conceito geográfico de fronteira para definir um grupo étnico, rejeitando "a visão simplista de que o isolamento geográfico e social tenha sido um fator crítico para a sustentação da diversidade cultural". Segundo ele,

> as distinções de categorias étnicas não dependem de uma ausência de mobilidade, contato e informação. (...) descobre-se que as relações sociais estáveis, persistentes e muitas vezes de uma importância social vital são mantidas através dessas fronteiras e são freqüentemente baseadas precisamente nos estatutos étnicos dicotomizados.

Barth privilegia as fronteiras sociais para estudar os grupos sociais, enfatizando a importância das trocas entre grupos que

---
[8] Hall, 1999:47.

não diluem fronteiras sociais já demarcadas. O que importa são as trocas que os grupos fazem, interagindo com outros grupos, mas conservando sua identidade. Essa construção da etnicidade vai ao encontro dos processos de construção tanto da memória quanto da identidade aqui analisados. Para ele, "a persistência de grupos étnicos em contato implica não apenas critérios e sinais de identificação, mas também uma estruturação da interação que permite a persistência das diferenças culturais".[9] As trocas entre os grupos costumam gerar mudanças, novas formas de organização, mantendo-se os valores originais de cada grupo.

O grupo em questão manterá suas características, sua unidade étnica, sem por isso deixar de interagir com outros grupos sociais, e seus integrantes irão constituindo novos grupos, agregando novos hábitos, esclarecendo situações como, por exemplo, os usos e costumes religiosos que se apresentam nessa interação social.

Identidade judaica

Nosso grupo passou e vai passar por um longo processo de construção de identidade. Ainda no Egito, eles já tinham uma série de máscaras identitárias que iam sendo trocadas à medida que novas situações se apresentavam. Alguns tinham passaporte egípcio, mesmo que não lhes corresse nas veias sangue egípcio ou, digamos, núbio. Outros tinham passaporte italiano, ou grego, ou mesmo francês, sem jamais terem estado em sua terra de origem oficial. Além dessas carteiras de identidade oficiais, eles tinham outra identidade, que pode ser étnica ou religiosa: a identidade judaica.

Os judeus do Egito já vinham de um processo de hifenização, de falar mais de uma língua, de viver entre duas línguas, de

---

[9] Barth, 1997:196.

ter como capital Paris, para os francófonos, e Londres, para os anglófonos. No Egito, tinham de conviver com as identidades européia e árabe, além de manter as tradições judaicas semanais nas festividades israelitas e até mesmo no esporte, ao defender as cores da Macabi na natação, no *water polo* e no basquete. Eram franco-egípcios-judeus, ou greco-egípcios-judeus, ou apátridas-egípcios-judeus, enfim, sujeitos hifenizados, como sugere Lesser (2001), para quem esse hífen continua oculto no Brasil, que é "multicultural, mas não-hifenizado; as negociações sobre a identidade nacional continuam em andamento".

O projeto de identidade nacional que lhes servia era o projeto pré-Nasser, quando não havia perseguições a judeus. Em seus relatos, vários entrevistados lembram-se da necessidade de silenciar sobre a identidade judaica. Agregaram a essas identidades a cultura brasileira, também afro-índio-portuguesa. Esse mosaico é quase uma sentença inteira com hífens e adjetivos para rotular o grupo. Sem falar das identidades individuais, específicas. Em seu relato, A. nos conta como era a vida de judia no Egito à época de Nasser, quando tinha de esconder sinais externos, como uma medalha com a estrela de Davi. Essa lembrança é sofrida, pois ela não tinha vergonha de ser judia, ao contrário:

> Isso é uma coisa que me oprimiu muito, eu era muito prosa de ser judia, até hoje, por isso para mim era tão duro. Quando a gente chegou no Brasil, a gente falava baixo, mas depois a gente descobriu que eles pouco ligavam se a gente era judeu, católico, não era isso que eles olhavam, eles olhavam as pessoas. A primeira vez que eu disse que era judia, eu fiquei parada para ver o que ia acontecer. Não aconteceu nada!
> E tinha gente que dizia: "ah, você é judia, aquele grupo de pessoas que botaram Jesus Cristo na cruz", e a gente tinha que explicar, mas a gente não se sentia insultada, e eles não achavam que a gente estava irada. Eles escutavam, e eu explicava que eram os romanos, o Pôncio Pilatos, toda essa história que certas pesso-

as educadas, letradas, sabem. Quem falava assim eram pessoas que nunca eram educadas. Uma senhora que trabalhou na minha casa disse isso; fiquei chocada, ela não sabia nem escrever o nome dela. Eu dizia: "dona Maria, não é assim não". E qual a diferença? Essa senhora é tão simpática, isso não tem nada a ver com religião.

O alívio de A. ao perceber que poderia praticar sua religião ou ostentar no pescoço sua estrela de Davi encontra ressonância na hipótese formulada pelo sociólogo Bernardo Sorj (1997:10), para quem "o Brasil é uma sociedade com baixos níveis de discursos ou práticas anti-semitas". Sua explicação para a ausência de anti-semitismo está na idéia do branqueamento:

> Nesta ideologia, o branco é o ideal a ser alcançado, de forma que as outras raças, particularmente a negra, poderão "melhorar", via miscigenação, até alcançar o branqueamento. Assim, na medida em que os judeus são aceitos como parte da raça branca (...), eles passam a ser parte da solução, e não um problema. Neste caso, embora a sociedade brasileira seja racista, antinegra, esse racismo não atingiria outras etnias, como os judeus.[10]

A hipótese de Sorj pode ser parte da explicação, mas creio que a situação econômica favorece a aceitação do judeu no Brasil, assim como o negro economicamente bem-sucedido também favorece a tese do branqueamento. Sorj se vale da argumentação de DaMatta para tentar explicar a sociedade brasileira:

> Assim, segundo DaMatta, a sociedade brasileira é profundamente hierárquica, sustentada na desigualdade entre as pessoas,

---

[10] Sorj, 1997:11.

onde os laços de dependência, pelas posições diferentes ocupadas na hierarquia social, ao mesmo tempo que permitem uma sociabilidade fundada na intimidade, confiança e consideração, desconhece os valores individualistas e igualitários. Nesta sociedade não há necessidade de segregação porque as hierarquias asseguram a superioridade do branco e a identificação do dominado com o dominador.[11]

A condição hifenizada, com suas múltiplas identidades, parecia um fardo para os entrevistados. Eles viveram numa época hostil aos judeus e sentiram a diferença entre as décadas de 1930 e 1940, de convivência e tolerância de diversas crenças e culturas, e o traumático exílio. Kramer (1989:226) faz a seguinte avaliação da identidade dos judeus do Egito:

> Adotando, mesmo que superficialmente, a cultura e a educação européias, os judeus das classes média e alta se transformaram, alienando-se tanto da cultura judaica quanto do ambiente egípcio. A adoção de línguas européias e a escolha de nomes eram apenas os signos mais visíveis dessa nova orientação e integração gradual na subcultura cosmopolita, que era particularmente forte em Alexandria. No plano econômico, os judeus das classes média e alta estavam muito ligados e até mesmo identificados ao sistema estabelecido e mantido pelo poder colonial.

Ao chegarem ao Brasil, tiveram de incorporar uma nova cultura, com seus símbolos e representações, reconhecer as instituições culturais, buscar identificações. Hall vê a cultura nacional como um discurso, "um modo de construir sentidos que influencia e organiza tanto nossas ações quanto a concepção que temos de nós mesmos". A seu ver,

---

[11] Sorj, 1997:12.

As culturas nacionais, ao produzir sentidos sobre a "nação", sentidos com os quais podemos nos *identificar*, constroem identidades. Esses sentidos estão contidos nas histórias que são contadas sobre a nação, memórias que ligam seu presente com seu passado e imagens que dela são construídas.[12]

Para Sorj, o Brasil não tem uma relação positiva com seu passado, ao contrário; daí ser uma nação que se constrói com o novo, uma sociedade que se orienta para o futuro e que aceita o estrangeiro:

> O mito original do Brasil que encontra os problemas do país no passado, na escravidão e na colonização lusitana, e que acredita que o paraíso não foi perdido, mas que se encontra no futuro, produz uma visão totalmente diferente dos valores da mudança e do estrangeiro. (...) o estrangeiro no Brasil, em vez de simbolizar o perigo, representa o progresso, as novas idéias e as práticas que poderão ajudar a sociedade a realizar seu destino de país do futuro. Assim, a cultura brasileira não discrimina o imigrante, pelo contrário, o valoriza. O país conseguiu absorver o maior contingente de população japonesa fora do próprio Japão, milhões de árabes e menor quantidade de judeus, sem gerar conflitos étnicos ou práticas preconceituosas. Trata-se de um fenômeno admirável, possivelmente sem similares na história contemporânea.[13]

Borges Pereira ratifica em parte a idéia de Sorj ao destacar três aspectos do modelo plurirracial brasileiro: a receptividade da sociedade brasileira aos estrangeiros; a compatibilidade entre a sociedade acolhedora e o grupo acolhido; e as dimensões social e cultural implícitas no processo de integração:

---
[12] Hall, 1999:50-51.
[13] Sorj, 1997:17-18.

No primeiro caso, destaca-se o fato de que, como todo país de imigração, a sociedade brasileira, ainda que seja receptiva à integração de novos povos, não é por igual receptiva no seu todo: as resistências e as facilidades para a integração do "outro" variam de instância para instância social. No segundo caso, as diferentes instâncias se tornam mais favoráveis à integração de indivíduos e grupos étnicos que ostentam características mais compatíveis com os aspectos hegemônicos da sociedade brasileira. No terceiro caso, destaca-se a necessidade de não se perder de vista que o processo de integração comporta, pelo menos, duas dimensões, que não podem ser metodologicamente negligenciadas sob pena de se obscurecer a compreensão do fenômeno empírico. É preciso distinguir-se o processo ao nível estrutural, que dá os parâmetros da aceitação-rejeição das personalidades e dos grupos na trama das relações sociais, do processo ao nível cultural, que dá os parâmetros da aceitação-rejeição dos elementos culturais identificados com o grupo étnico, na cultura brasileira. É neste nível que se dão as elaborações simbólicas de etnicidade com as quais os diferentes grupos jogam para abrir espaços e quebrar resistências na estrutura social.[14]

De fato, a questão do estrangeiro é problemática para os autores e pesquisadores europeus. O rótulo de "estrangeiro" é imediatamente tomado como insulto. Tomemos o caso do romance de Albert Camus, O estrangeiro, aquele que não se entristece no enterro da mãe e mata um homem porque o sol argelino estava muito quente. Ele não se arrepende. É um vil assassino. Um outro. Não passa de um estrangeiro, não somente em seu país, mas no planeta. Julia Kristeva (1994:15), ela própria uma imigrante, busca uma definição para o estrangeiro:

---

[14] Pereira, s.d.

Não pertencer a nenhum lugar, nenhum tempo, nenhum amor. A origem perdida, o enraizamento impossível, a memória imergente, o presente em suspenso. O espaço do estrangeiro é um trem em marcha, um avião em pleno ar, a própria transição que exclui a parada. O seu tempo? O de uma ressurreição que se lembra da morte e do antes, mas perde a glória do estar além: somente a impressão de um *sursis*, de ter escapado.

Esses estrangeiros que chegam apátridas, tristes e humilhados encontram um país que os acolhe com curiosidade e carinho. Para Sorj, o Brasil torna-se a terra prometida para os imigrantes judeus, que aqui não encontram formas de discriminação. A seu ver, o judaísmo brasileiro carece de expressão cultural própria, de reflexão intelectual, tudo por causa do sucesso da "integração individual". O brasileiro surge como contraponto ao estrangeiro de Kristeva ou de Hannah Arendt, o qual sofreu constantes perseguições na Europa oriental, segregado em guetos, jogado em campos de extermínio. Diz Sorj:

> O Brasil, para o imigrante judeu vindo de regiões onde foi permanentemente discriminado e perseguido, teve muitas características de terra prometida. Ele se integrou na cultura nacional, passando a compor, na sua maioria, as classes médias, que se identificam e valorizam o fato de serem brasileiras. A sua rápida absorção na sociedade teve, como contrapartida, a constante erosão das fronteiras diferenciadoras e das tradições próprias. Uma sociedade que valoriza a sociabilidade gregária em torno de valores de convivência, que valoriza o lúdico no lugar do discursivo, ou o artístico no lugar da reflexão conceitual, é particularmente não condutiva para a constituição, na modernidade, de identidades étnicas diferenciadas.[15]

---

[15] Sorj, 1997:20.

Analisando as origens do ódio contra os judeus, Arendt (1984) constata que foi nos séculos XIX e XX, após a emancipação e a assimilação, que o anti-semitismo teve seu impacto no conservadorismo desse povo, pois foi somente então que eles desejaram ser admitidos na sociedade não-judaica.

Arendt chamou a atenção para os *displaced people*, os deslocados da II Guerra, os estrangeiros em qualquer país, os apátridas. Eles têm suas identidades oficiais — um passaporte ou uma carteira de identidade classificam os seres humanos — e suas identidades individuais suspensas. Os judeus podem recolher-se em sua identidade religiosa, em suas tradições, mas isso não é suficiente, do ponto de vista da cidadania, para resolver questões de pertencimento. Boa parte do grupo entrevistado sofreu essa perda da identidade de fato, de pátria, de referência. O *laisser-passer* do apátrida era um documento em que estava selada a sua condição: estrangeiro em qualquer país. Diz Arendt (1976:199):

> As guerras civis que sobrevieram e se alastraram durante os 20 anos de paz agitada não foram apenas mais cruéis e mais sangrentas do que as anteriores: foram seguidas pela migração de grupos humanos compactos que, ao contrário de seus antecessores mais felizes, não eram bem-vindos e não podiam ser assimilados em parte alguma. Uma vez fora do país de origem, permaneciam sem lar; quando deixavam seu Estado, tornavam-se apátridas; quando perdiam seus direitos humanos, perdiam todos os direitos: eram o refugo da terra.

Sobre os deslocados de guerra, Arendt esclarece que a expressão foi criada durante a II Guerra para eliminar o problema dos apátridas, ignorando sua existência. Nasser lidou com os estrangeiros no Egito seguindo os passos do nazismo. Os nazistas, segundo Arendt (1976:216), insistiam em que todos os judeus de nacionalidade não-alemã deviam ser privados de sua cidadania antes da deportação, ou, no mais tardar, no dia em que fossem deportados. (Para os judeus alemães, esse decreto não era necessário, porque existia uma lei no Terceiro Reich segundo a qual todo judeu que deixasse o território — inclusive se fosse deportado — perdia automaticamente a cidadania).

Na política de Nasser em relação aos estrangeiros no Egito e aos judeus com nacionalidade egípcia havia o mesmo esquema para justificar medidas segregacionistas visando restringir a concessão da nacionalidade egípcia a judeus. O depoimento da entrevistada B. revela a dor de ter que abrir mão de sua nacionalidade, de perder sua pátria por causa de dispositivos legais perversos:

— E vocês [a família] eram todos apátridas?
— Não, eu fui liberada porque era egípcia. (...) Eu tinha um passaporte egípcio.
— E onde ele está?
— Eu, para sair do Egito, tive que renunciar a ele e chegar aqui com um passaporte de apátrida; eu e meu marido temos ele até hoje.
— Como foi essa renúncia?
— Tive que ir no Ministério do Interior fazer uma carta renunciando à minha nacionalidade egípcia. Porque nem todo mundo tinha essa nacionalidade, era muito difícil. Porque não vem pelo sangue, a nacionalidade... Você tem que ser de lá para ter essa nacionalidade. Eu tinha essa nacionalidade, não sei como, mas tinha nacionalidade egípcia. Eles iam me repatriar para onde, se não o Egito? Quando tive que sair, a primeira coisa que eles me pediram foi para renunciar à minha... ao meu passaporte.
— Mas, antes, você nunca tinha pensado em sair do Egito?
— Não, ninguém.

Para B. não estava claro que a nacionalidade egípcia, para os judeus, não era de fato legitimada pelas autoridades. Os poucos judeus que tinham passaporte egípcio foram obrigados a abrir mão de sua cidadania para conseguir sair do país. Saíam como apátridas sem direito a retorno. Ida sem volta.

IDENTIDADE OCULTA

B. chegou ao Brasil como apátrida, depois de passar por um campo de concentração, e sua condição judaica fora a principal causa de suas atribulações. Ao chegar ao Rio de Janeiro, necessitando de emprego, acionou contatos para conseguir entrevistas em consulados e em multinacionais, para obter uma colocação. Ao preencher a ficha de inscrição, colocou-se objetivamente a questão de uma de suas identidades:

> O medo que eu tinha dentro de mim... Isso dói, é muito triste, não consigo esquecer, eu não disse que era judia. Aquilo tudo que eu passei, então eu me calei. A primeira coisa que me passou pela cabeça é que eu ia perder o lugar... Não posso dizer que sou judia. Não vou dizer, é uma opção. (...) Então eu passei esses anos todos... não mentindo, porque eu não tinha nada a dizer a ninguém. A única coisa é que eu saí de lá assim um pouco magoada comigo mesma, porque eu optei por fazer isso, ninguém disse para eu fazer. Mas era medo de perder o lugar, ou medo de... não sei. Naquela época eu tinha que idade? Uns 25 anos. Hoje eu digo: como fui besta, que importância tinha isso? Mas na época tinha muita importância.

Numa bela passagem de seu livro sobre o anti-semitismo, Arendt fala quase poeticamente sobre a condição identitária dos judeus, mostrando os papéis sociais que eles escolhem para poder conviver ou sobreviver.

> A cada geração, cada judeu teve, em algum momento, de escolher seu personagem: o pária totalmente excluído da sociedade, o bem-sucedido, ou aquele que se adapta à sociedade ao preço de uma condição degradante: não somente dissimulando sua origem, mas traindo, com o segredo de sua origem, o segredo de seu povo.[16]

Como se pode ver, B. parece ter vivido essa espinhosa escolha ao dissimular sua origem para poder arranjar um emprego, o que era então fundamental para sua sobrevivência no Brasil.

No Rio de Janeiro, a comunidade judaica não é tão atuante quanto a paulista, a gaúcha ou a pernambucana. Lá as novas gerações não se mostram muito preocupadas com a preservação das singularidades do grupo, tampouco com os aspectos religiosos. Numa análise sobre a Federação Israelita do Rio de Janeiro, fundada em 1947, Mônica Grin (1997:107) detectou uma crise no judaísmo moderno no Brasil:

> A homogeneização sociocultural dos judeus promovida pelo processo crescente de assimilação à sociedade brasileira e aos seus valores, as dificuldades de organização da esquerda judaica, em contexto adverso à organização de grupos de esquerda em geral, a sionificação dos interesses políticos da comunidade judaica, a perda crescente da cultura iídiche em cenário societário adverso a diferenciações de natureza étnica, tal como o brasileiro, contribuíram claramente para a crise do judaísmo moderno no Brasil.

No grupo estudado, há membros da segunda geração que, assustados com essa assimilação acelerada, se preocupam em preservar os valores judaicos, cumprindo os rituais religiosos e

---

[16] Arendt, 1984:151.

evitando casamentos com não-judeus. Essa retomada de valores religiosos se dá ao mesmo tempo em que uma série de grupos de diferentes identidades vêm conquistando espaços próprios, legitimados pela sociedade brasileira, como os movimentos dos negros, das mulheres, ecológico etc.

Para Grin, a década de 1950 foi "a idade de ouro da segurança dos membros desse grupo" no Brasil, com a expansão industrial, a democracia instalada, uma sociedade aberta e a integração dos judeus ao mercado de trabalho. Se ao chegarem ao Rio de Janeiro os imigrantes judeus concentravam-se em determinados bairros — os judeus do Egito escolheram morar principalmente em Copacabana —, hoje não se pode dizer que há bairros de judeus, como os que havia no Cairo, por exemplo, uma vez que as famílias mudaram para diversos bairros da Zona Sul e da Barra da Tijuca. Assim, o conceito de comunidade judaica formulado por Borges Pereira está um tanto desatualizado em relação ao Rio de Janeiro, cidade que não tem vocação para a divisão em guetos:

> No conceito de comunidade judaica está implícita a idéia de uma comunidade etnicamente diferenciada, cujos membros se articulam, preferencialmente entre si, num sistema de relações sociais privativas de um grupo que se basta a si mesmo, com limites claros que a impede de ser confundida com a sociedade global, onde se aloja e procura se manter como organismo singular. Não apenas elementos do grupo assim se representam, como o conceito tem sido incorporado, sem maiores críticas, por estudiosos da imigração judaica.[17]

A comunidade judaica carioca está em crise, como constatou Grin, entre outras causas por estar integrada à sociedade carioca. A permanência dos rituais religiosos pode ser o elo que une

---
[17] Pereira, s.d.:23.

os membros da comunidade. As identidades étnicas permanecem, e a identidade judaica é mais uma manifestação étnica entre as diversas etnicidades existentes no país.

Memória

Como abrir a porta que dá acesso à memória desses entrevistados? Qual seria a melhor estratégia para negociar com as memórias fragmentadas de cada um? Que caminho tomar? Bastaria ouvi-los? Como elaborar essa memória?

É a entrevista que faz surgir a memória. Ela obriga o narrador a se lembrar, fazendo com que a memória aflore e seja verbalizada. O entrevistador faz um trabalho extremamente importante, pois não se trata apenas de uma troca de idéias: é evidente que o entrevistador vai interferir, uma vez que faz perguntas e pede ao entrevistado que desenvolva um pouco mais algum assunto. Quando trabalhamos com depoimentos orais, estamos fazendo seleções. Selecionamos a pessoa que vamos entrevistar, o local, o assunto que desencadeia a conversa. Por último, selecionam-se alguns recortes que vão interessar à pesquisa. Segundo Bosi (1994:90),

> Entre o ouvinte e o narrador nasce uma relação baseada no interesse comum em conservar o narrado, que deve poder ser reproduzido. A memória é a faculdade épica por excelência. (...) O narrador está presente ao lado do ouvinte. (...) A arte de narrar é uma relação alma, olho e mão: assim transforma o narrador sua matéria, a vida humana.

Trata-se de um processo de seleção. Também de seleção da memória do outro, uma vez que conduzimos a entrevista, por menor que seja a nossa interferência. Não é algo que esteja dado. A memória não é um dado. Ela é uma construção entre diferentes sujeitos que estão rememorando dimensões de sua vida. No caso, o pesquisador e o entrevistado trabalham juntos na construção da narrativa.

E se os imigrantes preferirem manter silêncio sobre suas histórias de vida? Walter Benjamin cita o exemplo dos combatentes que voltavam mudos dos campos de batalha, mais pobres em experiências comunicáveis. Não seria esse grupo de entrevistados também sobreviventes de uma guerra, preferindo a ausência à repetição e perpetuação de suas histórias? São os migrantes ou os marinheiros que têm histórias para contar, refletindo suas experiências. Quem viaja, quem vem de longe — um estrangeiro? — tem o que contar sobre suas andanças. Mas quem fica em seu país também tem histórias de sucesso para narrar. "O narrador retira da experiência o que ele conta: sua própria experiência ou a relatada pelos outros. E incorpora as coisas narradas à experiência de seus ouvintes", diz Benjamin. E acrescenta:

> A memória é a mais épica de todas as faculdades. (...) A reminiscência funda a cadeia da tradição, que transmite os acontecimentos de geração em geração. Ela corresponde à musa épica no sentido mais amplo. (...) Ela tece a rede que, em última instância, todas as histórias constituem entre si. Uma se articula na outra, como demonstraram todos os outros narradores, principalmente os orientais. Em cada um deles vive uma Sherazade, que imagina uma nova história em cada passagem da história que está contando. Tal é a memória épica e a musa da narração. (...) A rememoração, musa do romance, surge ao lado da memória, musa da narrativa.[18]

Para Benjamin, a memória é uma experiência de reflexão, uma experiência vivenciada. Ele separa o acontecido do narrado. O acontecido é algo finito. Está dado. Tal fato está lá. O narrado

---

[18] Benjamin, 1993:211.

é infinito, logo, a memória é infinita. E ela é passível de múltiplas expressões no tempo, porque não tem uma temporalidade linear, é um trabalho de reflexão contínua feito pelo sujeito. Ele refaz o passado a partir do que ele está vivendo agora. Eis a idéia da dinâmica da memória em Benjamin. Segundo ele, até mesmo ler uma narrativa é estar com o narrador, o que ele contrapõe ao leitor do romance: "o leitor de um romance é solitário".

Mas esse narrador privilegia outras lembranças. Como se viu em Walter Benjamin, contar uma história é uma experiência que vai costurando fragmentos da memória ao prazer do narrador. Este transita numa distância temporal, imerso em relações interpessoais. Os tempos do narrador obedecem a uma lógica interna e vão sendo apresentados numa ordem pessoal, não-linear. Esse texto narrativo é como um palimpsesto onde se raspam histórias e lembranças do passado no presente.

O antropólogo Michael Fischer trabalha com as categorias autobiografia e memória étnica ou, mais precisamente, o que ele denomina "autobiografia étnica". Aqui nos interessa especialmente o seu conceito de memória étnica, a qual é "orientada para o futuro, e não para o passado". Analisando algumas obras autobiográficas que tratam de imigração, narrativas decorrentes de um esforço de memória, ele destaca três pontos. O primeiro é que:

> a etnicidade se reinventa e se reinterpreta a cada geração, e ela é, freqüentemente, uma coisa enigmática para o indivíduo, algo sobre o qual não se tem controle. A etnicidade não é uma coisa que se transmite simplesmente de uma geração para outra, que é ensinada e aprendida; é algo de dinâmico que, muitas vezes, não pode ser reprimido ou evitado. A etnicidade pode ser algo muito forte, ainda que não seja conscientemente aprendida; é algo que o ensino institucionalizado facilmente torna chauvinista, estéril e superficial, uma coisa que só emerge em sua plena força libertadora através de uma luta. Na medida em que a etnicidade é um componente emocional profundamente enraizado da identida-

de, muitas vezes é transmitida menos pela linguagem cognitiva ou pelo aprendizado (...) do que por processos análogos ao que se chama de transferência nas sessões psicanalíticas.[19]

Eis o segundo ponto levantado por Fischer:

descobrem e reinventam algo sempre novo na etnicidade: o fato de que ser um chinês-americano não é o mesmo que ser um chinês na América. A esse respeito não há modelo de como se tornar um chinês-americano. É uma questão de encontrar uma voz ou um estilo que não viole os diversos componentes de identidade do indivíduo. Em parte, o processo de assumir uma identidade étnica significa insistir na concepção de um *self* pluralista, multidimensional ou multifacetado; pode-se ser muitas coisas diferentes, e esse sentido pessoal de si pode ser o reservatório de um etos social pluralista mais amplo.[20]

O terceiro e último ponto é que:

a busca de (ou luta por) um sentido de identidade étnica é a (re)invenção e descoberta de uma concepção ao mesmo tempo ética e orientada para o futuro. Enquanto a busca de coerência se fundamenta numa conexão com o passado, o significado abstraído desse passado, que é um importante critério de coerência, constitui uma ética aplicável ao futuro.[21]

Fischer se refere a Pitágoras quando menciona as astúcias da memória: "uma volta ao passado para ganhar uma visão do futuro". Na verdade, as buscas autobiográficas individuais revelam

---

[19] Fischer, 1986:201.
[20] Ibid.
[21] Ibid., p. 196.

lembranças de identidades disseminadas, tradições a serem resgatadas de um grupo. Fischer mostra, ainda, como ler e interpretar os textos autobiográficos.

Essa construção ou busca de uma etnicidade se verifica igualmente com os afro-americanos, chineses-americanos ou armênios-americanos analisados no ensaio de Fischer. Os textos autobiográficos escolhidos pelo antropólogo guardam as mesmas revelações quando os personagens são confrontados com suas raízes, as mesmas inquietações profissionais, a mesma necessidade de afirmação que encontramos no grupo por nós entrevistado. Fischer conclui que

> essas etnicidades constituem tão-somente uma família de semelhanças, que a etnicidade não pode ser reduzida a funções sociológicas idênticas, que ela é um processo de inter-referência entre duas ou mais tradições culturais, e que essa dinâmica de conhecimento intercultural fornece reservas de renovação dos valores humanos. A memória étnica é, ou deveria ser, portanto, orientada para o futuro, e não para o passado.[22]

Para entender melhor o conceito de memória, vamos recorrer a alguns autores, começando por Maurice Halbwachs, que no período pré-guerra inovou o estudo do assunto. Ele trouxe para a sociologia o que até então era um conceito trabalhado pela psicologia e pela filosofia, sustentando que a memória pode ser também um fenômeno do grupo, com a ajuda das memórias dos demais indivíduos que passaram por uma mesma experiência. Segundo Halbwachs (1990:53), "a memória coletiva (...) envolve as memórias individuais, mas não se confunde com elas". Ele aponta uma tensão entre a memória coletiva e a memória individual, e diz que as lembranças de um fato resultam da repetição da história entre

---

[22] Fischer, 1986.

os membros do grupo. Para ele, o afastamento do grupo significaria também um esquecimento dos fatos ocorridos:

> Diríamos mesmo que cada memória individual é um ponto de vista sobre a memória coletiva, que esse ponto de vista muda conforme o lugar que ali ocupo, e que esse lugar muda segundo as relações que mantenho com outros meios. Não é de admirar que, do instrumento comum, nem todos aproveitam do mesmo modo.[23]

Por sua vez, Gerard Namer (1987) rejeita uma memória essencialmente classista, de trabalho ou de profissão. A memória teria como base diversas formas de diálogo entre diferentes estímulos externos, como fotografias, música etc. Ele acrescenta à perspectiva de Halbwachs a noção de que essa memória, apesar de estar ligada ao grupo que vivenciou a experiência, não se restringe ao grupo, mas inclui vários grupos de convivência. Segundo Lerner (1996:51), "esse autor pensa a memória não como uma positividade, mas, antes de tudo, como uma narrativa". O mais instigante nessa interpretação de Namer é que todas as narrativas são verdadeiras, rejeitando-se assim o conceito positivista de verdade do fato.

Michel Pollack também traz sua contribuição para o debate do tema ao sugerir o uso da expressão "memória enquadrada", em vez de memória coletiva, para deixar claros os limites dessa memória:

> Quem diz "enquadramento" diz trabalho de "enquadramento". Todo trabalho de enquadramento de uma memória de grupo tem limites, pois ela não pode ser construída arbitrariamente. (...) O trabalho de enquadramento da memória se alimenta do

---

[23] Halbwachs, 1990:51.

material fornecido pela história. Esse material pode, sem dúvida, ser interpretado e combinado a um sem-número de referências associadas; guiado pela preocupação não apenas de manter as fronteiras sociais, mas também de modificá-las, esse trabalho reinterpreta incessantemente o passado em função dos combates do presente e do futuro.[24]

Ecléa Bosi (1994:55) também se utiliza dos conceitos de Halbwachs para reafirmar a importância do trabalho na construção da memória. Para ela, "a memória não é sonho, é trabalho". Essa construção é feita a partir de dados que estão à disposição no presente. Os instrumentos de que dispomos no presente para lembrar fatos ocorridos são diferentes daqueles que tínhamos quando o fato ocorreu. Nós mudamos e, com isso, ao construirmos essa lembrança, estamos trazendo novas traduções, informações e análises para o fato.

Ao trazer a perspectiva teórica para o grupo de entrevistados, foi possível perceber que, no ato de lembrar, os entrevistados recorriam a vários suportes, faziam conexões com outros grupos. Por exemplo, C. mostrou-nos um jornal japonês com uma foto sua publicada. Como diretora internacional de uma gravadora, ela abrira o mercado para a música popular brasileira em Tóquio. Os entrevistados fizeram um esforço intelectual para lembrar datas e fatos. O simples fato de voltar a um assunto já abordado anteriormente mostra o empenho que a construção da memória exige do indivíduo. Não é um relato desapaixonado, mas um trabalho de reconstrução em que se utilizam vários meios para que o formato final seja o mais fiel possível aos fatos lembrados.

Paul Ricoeur (2000) tem uma visão conciliadora da memória coletiva:

> Posso atribuir a memória a todas as pessoas gramaticais: "eu me lembro", "tu te lembras", "ele se lembra" etc., o que me permi-

---
[24] Pollack, 1989:9.

te integrar imediatamente a memória coletiva e não me deixar trancar na alternativa: quem se lembra? Eu sozinho. Não; há uma memória coletiva. Proponho aqui um tipo de tríade: a própria memória, a memória dos próximos e a memória coletiva.

Nas narrativas dos entrevistados, os atos de memória recorrem às várias pessoas gramaticais de que fala Ricoeur. Assim, a cada lembrança evocada eles abriam novos canais internos de percepção e análise. É como se a memória, ao ser construída, exigisse um trabalho analítico, num processo inconsciente de reinterpretação, pelo narrador, do que ele era à época do fato recordado em comparação com o que ele é no presente. O que significa dizer que essa construção da memória requer uma atuação interpretativa do inconsciente, alimentando a narrativa. Enquanto o sujeito se lembra e relata, desenvolve-se internamente um processo de reinterpretação e análise, como que atualizando esse sujeito em relação ao tema abordado. Isso nos remete, talvez, à linguagem da informática, na qual há uma memória que precisa ser "atualizada".

A experiência com os entrevistados me permitiu fazer algumas reflexões sobre a memória e sobre a entrega dos sujeitos a suas histórias. Como se eles aguardassem o momento em que, finalmente, poderiam visitar suas biografias. Sem esquecer que suas narrativas, além do esforço de rememoração, exigia deles também a construção de suas imagens perante a entrevistadora e os leitores que iriam conhecer suas histórias. De certa forma, isso remete à própria etimologia da palavra texto: do latim *textu*, isto é, tecido. Eles nos transmitiram suas histórias como Penélopes à espera de Ulisses ou — o que é talvez mais apropriado ao contexto oriental — como Sherazades encantando com suas palavras o sultão. Tecer histórias.

S. não se lembra de ter sofrido maiores perseguições anti-semitas, o que conflita com as versões dos que relataram seu medo de exibir sinais externos de judeidade. No trecho da entrevista aqui reproduzido ela afirma não ter sentido nenhuma discriminação por ser judia. Fala da guerra, de seu país, o Egito, e diz que não quer voltar, não quer macular sua memória:

— Talvez seja um pouco repetitivo dizer isso, mas não me lembro de ter sentido [anti-semitismo]. Eu era muito jovem e lembro que durante a guerra nos escondíamos nos abrigos quando havia alertas. Havia abrigos nos bulevares. Morávamos numa pequena casa de dois andares e nos mudamos porque não havia possibilidade de ter abrigo nessa casa. Então tivemos de nos mudar para um lugar muito pequeno, isso lá pelos anos 1950, eu devia ter uns cinco ou seis anos. Me marcou também porque eu sabia que alguma coisa estava terminando, eu penso... A mudança dessa pequena casa é uma lembrança muito vaga... para ir para uma casa onde morei até o último momento, o momento do meu casamento. As imagens que me ficaram do Egito são extremamente belas... É a razão pela qual não volto.
— Você não quer voltar?
— Tenho medo de ter nojo. Tenho medo de me decepcionar [lágrimas]. Encontrei uma amiga, uma colega de escola, depois de tantos anos, nos encontramos no Canadá, e ela me disse: "guarde suas lembranças como elas estão. Não retorne. Eu fiquei muito decepcionada de rever o Egito do jeito que está. Guarde suas lembranças como elas estão". Ela me contou um detalhe engraçado: no terraço do prédio onde ela morou havia um cocô de cabra; é engraçado, hein? É um prédio de cinco andares. A cabra no quinto andar! Todo mundo que voltou decepcionou-se. Não sei se são as lembranças que eles guardaram, eram tão bonitas que o contraste com a realidade foi chocante. Penso em voltar, me pergunto se deveria fazê-lo. Minha filha me pede muito para ir. Ela gostaria de descobrir o Egito comigo. Um ato de coragem, de coragem ou de inconsciência, não sei [risos]. Verei mais tarde.

Quando falarmos a respeito de amizade com os árabes, S. disse que se sentia integrada. Ela confessa seu medo de voltar à terra que diz amar profundamente. Recorre à memória de uma amiga, que estivera no Egito, e seleciona entre as lembranças dela justamente a que faz referência às fezes de uma cabra no alto de um prédio. Na verdade, S. não quer trair sua memória. Quer acrescentar novos dados às imagens e às cores que guarda preciosamente, como um segredo, um verso de poesia. Talvez ela esteja preservando esse Egito que ela construiu do jeito que mais lhe agrada, com referências e marcos bem determinados. A volta seria para ela uma nova guerra, interna, na qual teria de buscar novos abrigos.

Com a devida licença de Benjamin, para quem "a rememoração, musa do romance, surge ao lado da memória, musa da narrativa", não seria o caso de dizer que também a transmissão, musa da comunicação, ajuda a tecer as histórias? No ato da comunicação é preciso haver, além da narrativa (o emissor), o ouvinte, o leitor, o espectador, ou seja, o receptor. Neste livro, a transmissão tem um papel vital para que as histórias continuem, depois de tudo.

A ENTREVISTA NA HISTÓRIA ORAL E NO JORNALISMO

A busca de definições no campo da comunicação social é fértil por sua vocação multidisciplinar, que permite várias clivagens em seu corpo teórico. Um dos recursos mais utilizados por outras ciências sociais é a entrevista. Um rápido sobrevôo na bibliografia referente à antropologia nos permite afirmar que todo o seu trabalho de campo implica a utilização de entrevista com os objetos de estudo, seja em comunidades longínquas dos trópicos, seja num grupo de estressados executivos no Centro de São Paulo, por exemplo. Não trabalharemos aqui a visão antropológica, mas procuraremos entender a utilização da entrevista nos campos da história oral e do jornalismo. Há aproximação entre os dois? De que forma se entrecruzam?

A história oral, segundo Janaína Amado (1998), é "entendida como metodologia, e remete a uma dimensão teórica. Esta última evidentemente a transcende, e concerne à disciplina histórica como um todo". Há várias correntes divergentes na história oral, o que favorece um debate teórico e prático rico em idéias e aplicações. Cada vez mais ela ganha espaço entre os historiadores e, assim como a comunicação social, transita em diversas áreas das ciências humanas. O ponto convergente para o uso da história oral não é sempre a entrevista? Na sociologia, na antropologia e na história, para se conhecer ou recuperar um acontecimento já registrado — ou inédito — nos compêndios não se buscam fontes vivas, testemunhas, narrativas? E qual o uso da entrevista no jornalismo? Não é também a primeira forma de contato com o fato que se vai descrever? Não se depende quase que exclusivamente dos relatos que são fornecidos pelos personagens que dele participaram?

Enquanto a história oral se organizou em associações que debatem os usos da metodologia, visando à melhor elaboração, dentro da ética, das narrativas de vida dos entrevistados, o jornalismo não construiu um pensamento científico sobre essa questão. Uma bibliografia antiga e rala aponta para algumas questões técnicas da entrevista, sem maiores preocupações éticas. A título de contribuição para os pesquisadores interessados nessa questão, abordaremos aqui alguns pontos que nos parecem importantes no uso da entrevista no jornalismo, procurando identificar diferenças e semelhanças com relação à história oral.

Faz parte do trabalho do jornalista ouvir as versões, as narrativas de seus entrevistados, para então registrar fragmentos de sua vidas numa pequena matéria ou mesmo num perfil especial. Ou apenas ouvir a versão deles para algum fato que se esteja cobrindo. Esse ouvido atento e respeitoso também faz parte do trabalho do historiador oral. Aqui se considera a possibilidade de um comunicador social, um jornalista, utilizar-se das entrevistas de um grupo de imigrantes que veio do Egito para o Rio de Janeiro. A história oral constrói uma legitimidade teórica no que diz respeito às fontes orais. Vale lembrar que, ao falarmos de entrevistas, estamos falando de um encontro do pesquisador — no caso, também jornalista — com alguém que se dispôs a relatar sua vida, a recordar passagens nem sempre alegres de sua história pessoal, traumas, dores, mas também alegrias. Vai-se trabalhar com depoimentos emocionais.

Ouvir o outro

Valemo-nos da metodologia da história oral para ouvir as narrativas de vida dos entrevistados. Ouvir e conhecer as vivências desses exilados/imigrantes, para melhor compreender as mudanças por que passaram desde as margens do Mediterrâneo até o porto atlântico da praça Mauá. Apesar da necessidade de um olhar crítico sobre os depoimentos, é inevitável o envolvimento com esses indivíduos. Agora não são mais frios documentos que vamos analisar, mas personagens vivos da história, com a contextualização necessária ao melhor entendimento das pequenas histórias que vão compor o projeto maior.

Lopes (2000), ao apontar caminhos para uma metodologia de pesquisa em comunicação, propõe a integração de outras disciplinas para a construção de uma ciência da comunicação. A seu ver, o fenômeno comunicacional, por ser multidimensional, constitui um objeto de estudo interdisciplinar:

> A comunicação, que por natureza deve recorrer a vários níveis, não teria um só método privilegiado. Deveria fazer uso da multiplicidade de métodos disponíveis, sempre a partir da problemática específica que constitui seu objeto de estudo. Isso introduz fatores de incertezas e de legitimidade quanto aos métodos a usar.

Portelli, que é da área de literatura, também se interessa pelas possibilidades oferecidas pela oralidade. Para ele a história oral está intrinsecamente ligada à memória.

> A essencialidade do indivíduo é salientada pelo fato de a história oral dizer respeito a versões do passado, ou seja, da memória. Ainda que esta seja sempre moldada de diversas formas pelo meio social, em última análise, o ato e a arte de lembrar jamais deixam de ser profundamente pessoais. A memória pode existir em elaborações socialmente estruturadas, mas apenas os seres humanos são capazes de guardar lembranças. Se considerarmos a memória um processo e não um depósito de dados, poderemos constatar que, à semelhança da linguagem, a memória é social, tornando-se concreta apenas quando mentalizada ou verbalizada pelas pessoas. A memória é um processo individual, que ocorre em um meio social dinâmico, valendo-se de instrumentos socialmente criados e compartilhados. Em vista disso, as recordações podem ser semelhantes, contraditórias ou sobrepostas. Porém, em hipótese alguma, as lembranças de duas pessoas são — assim como as impressões digitais, ou, a bem da verdade, como as vozes — exatamente iguais.[25]

Portelli faz algumas reflexões sobre o comportamento ético do entrevistador. Essa questão não é tratada em nenhum manual de jornalismo, nem nas redações, onde parece não haver tempo para teorias, tampouco faz parte do currículo das faculdades de comunicação. A relação com o entrevistado deve basear-se em princípios mínimos de civilidade:

> quando fazemos uma entrevista, invadimos a privacidade de outra pessoa e tomamos seu tempo. (...) meus colaboradores — os

---
[25] Portelli, 1997:22.

estudantes — me pediram: "ensine-nos a fazer entrevistas". (...) A única técnica que me ocorreu foi: ajam com educação. (...) Significa que, em vez de irmos à casa de alguém e tomarmos seu tempo a lhe fazer perguntas, vamos à casa dessa pessoa e iniciamos uma conversa. A arte essencial do historiador oral é a arte de ouvir.[26]

O jornalista deveria encarar a entrevista como um de seus principais instrumentos de trabalho. A pressa no fechamento das edições impede que o repórter elabore melhor as entrevistas, explorando outros aspectos além daquele que motivou a entrevista. Não nos referimos apenas às longas entrevistas publicadas em jornais e revistas, sempre atreladas a algum fato que justifique sua publicação. É preciso entender qual a função da entrevista, especificar o significado desse instrumento tão caro à história oral e fundamental para o jornalismo. Quando se fala em sedução do entrevistado, é disso que se trata: estabelecer uma relação agradável, na qual o entrevistado se sinta à vontade.

Vale lembrar que a história oral, além de pressupor democracia — uma vez que é através dos relatos que vozes até então caladas poderão se fazer ouvir —, deve servir a um projeto bem definido, do qual o leitor vai fazer parte. Aqui ele é chamado a participar da montagem da história, uma vez que lhe serão apresentadas várias facetas de uma mesma história. Em suas entrevistas, os oralistas trabalham com colaboradores, e não com informantes. É mais um parceiro que vai lançar novas luzes sobre o tema em questão.

As entrevistas em história oral podem ser múltiplas ou únicas. Esse procedimento vai depender do tipo de projeto a ser desenvolvido. O importante é que as falas tenham consistência e que haja espontaneidade. Tomar novos depoimentos do entrevistado é sempre positivo, uma vez que sua memória, ativada na primeira entrevista, poderá estar mais viva nos encontros seguintes.

---

[26] Portelli, 1997:22.

A história oral oferece várias possibilidades, entre elas a história de vida, a história temática e a tradição oral. Na primeira categoria, a narrativa é o ponto mais importante. Evita-se fazer perguntas; o que interessa é o que o entrevistado vai contar. No caso da história temática, trata-se de levantar um fato, e as entrevistas com suas testemunhas devem limitar o discurso àquele fato, ao passo que a tradição oral diz respeito a toda e qualquer narrativa transmitida pela fala. Esses recursos podem ser utilizados simultaneamente na história oral.

Aqui vamos lidar com experiências socialmente vivenciadas, ou seja, o modo como os sujeitos viveram determinado acontecimento, e para tanto a história oral é fundamental. Alguns historiadores repudiam a história oral porque ela peca nas informações. É bem possível. A memória pode equivocar-se com relação a fatos e datas, mas aqui não necessitamos do rigor com a informação exigido no jornalismo. Interessa-nos saber como o fato foi vivenciado, isto é, como esses sujeitos apreenderam subjetivamente e incorporaram esse fato na sua memória e na sua reflexão. Assim poderemos analisar detalhadamente o processo de construção da identidade.

O local da entrevista deve ser escolhido pelo narrador, para que ele se sinta mais à vontade. Talvez num primeiro encontro ele escolha um lugar neutro; depois, ao ganhar confiança no projeto, ele pode sugerir que as próximas conversas sejam em sua casa. Isso será melhor para o entrevistador, que assim poderá conhecer o ambiente em que vive o narrador, como ele se veste, arruma a casa e guarda seus objetos, entre outros aspectos. O uso de gravador ou câmera de vídeo deve ser devidamente autorizado pelo narrador.

O Programa de História Oral do Centro de Pesquisa e Documentação (Cpdoc) da Fundação Getulio Vargas prevê ao todo seis etapas na passagem do depoimento da forma oral à escrita, a saber: transcrição, conferência de fidelidade, copidesque, leitura final, emendas e revisão de emendas. Como nem todas as entrevistas puderam ser transcritas e revisadas por falta de pesquisadores, o programa decidiu liberar para consulta as gravações acompanhadas de fichas que facilitam o entendimento do pesquisador. Como esclarece Alberti (1990):

> À medida que o pesquisador escutar a gravação, poderá seguir a ficha de orientação de escuta, onde as observações se sucederão na mesma ordem em que as passagens a elas correspondentes aparecem na entrevista. (...) Na passagem do documento da forma oral para a escrita, a transcrição constitui a primeira versão escrita do depoimento, base de trabalho das etapas posteriores. (....) O resultado é um material bruto, muitas vezes extenso, que corresponde, em laudas datilografadas, ao conteúdo das fitas da entrevista.

Não se trata apenas de técnicas de entrevista, pois há uma questão ética que deve estar permanentemente em discussão. Afinal, as entrevistas vão servir como documentos sobre os assuntos escolhidos. Amado (1997) resume bem essa questão:

> Conversar com os vivos implica, por parte do historiador, uma parcela muito maior de responsabilidade e compromisso, pois tudo aquilo que escrever ou disser não apenas lançará luz sobre pessoas e personagens históricos (como acontece quando o diálogo é com os mortos), mas trará conseqüências imediatas para as existências dos informantes e seus círculos familiares, sociais e profissionais. Nesse sentido existe semelhança entre o trabalho dos historiadores que pesquisam fontes orais e o dos jornalistas, cujos textos também têm o imenso poder de influenciar direta ou indiretamente os destinos das pessoas e os desdobramentos dos fatos a que se referem.

A entrevista é um dos instrumentos básicos do jornalista. Poucas matérias de jornal prescindem da entrevista; por menos importante que seja a notícia, ela foi obtida numa entrevista, por telefone ou pessoalmente. Percebemos que a indústria cultural e a dinâmica própria do jornalismo marcam uma diferença entre a história oral e o jornalismo, e tornam essas dessemelhanças cada vez mais claras. Enquanto o oralista prepara um documento minuciosamente, o jornalista também se preocupa com a minúcia, mas a difusão tem um papel relevante que não se coloca para o historiador. As explicações ainda são insuficientes. A entrevista, a fonte oral, quando publicada, tem fé de documento.

Como se sabe, no jornalismo há pouco material publicado sobre entrevista. Enquanto em história é possível pensar a entrevista como questão, levantar calorosas discussões sobre a validade ou não da história oral, construir teorias sobre o melhor uso desse instrumento, o jornalismo discute essa questão com o pragmatismo de perceber a entrevista como uma técnica que faz parte da prática diária do ofício do jornalista.

Os historiadores elaboram uma hermenêutica da oralidade, criam manuais de transcrição de entrevistas. Já os manuais de redação ensinam como devem ser tecnicamente as entrevistas — perguntas curtas, incisivas, contundentes — ou, ainda, como ganhar a confiança do entrevistado. Em jornalismo, porém, a reflexão sobre os aspectos éticos da entrevista ainda está em fase embrionária. Vale lembrar que as entrevistas publicadas em jornais ou transmitidas por estações de rádio e televisão se transformam em documentos históricos que vão servir a pesquisadores de várias disciplinas. Daí a necessidade de uma atitude mais responsável do jornalista em relação às entrevistas. O jornalista entrevista empiricamente, faz parte de seu ofício entrevistar, perguntar — mesmo que não publique o relato de seu interlocutor, ele o entrevista para ter acesso a alguma informação. A diferença entre os dois profissionais é que o historiador tem o tempo do seu lado. O jornalista joga contra o tempo.

Edgar Morin (1973) classificou quatro tipos de entrevistas:

1. *Entrevista-rito*. Trata-se de obter uma palavra que de resto não tem outra importância senão a de ser pronunciada *hic et nunc*.

2. *Entrevista anedótica.* Muitas, sem dúvida a maioria, das entrevistas de vedetes são conversas frívolas, ineptas, complacentes, em que o entrevistador busca a anedota picante, faz perguntas tolas sobre as fofocas e os projetos, em que o entrevistador e o entrevistado permanecem deliberadamente fora de tudo que possa comprometer. Essa entrevista se situa no nível dos mexericos.
3. *Entrevista-diálogo.* Em certos casos felizes, a entrevista transforma-se em diálogo. Este diálogo é mais que uma conversa mundana. É uma busca em comum. O entrevistador e o entrevistado colaboram no sentido de trazer à tona uma verdade que pode estar relacionada à pessoa do entrevistado ou a um problema.
4. *Neconfissões.* Aqui o entrevistador se apaga diante do entrevistado. Este não continua na superfície de si mesmo, mas efetua, deliberadamente ou não, o mergulho interior.

Os tipos 3 e 4 mostram uma semelhança entre a história oral e o jornalismo. Não é de um diálogo que trata a história oral? Não se deseja que o entrevistador mergulhe em sua memória, contando tudo que sabe sobre um determinado assunto? Mas os objetivos são diferentes. No jornalismo, o que se quer é trazer novidade ao público ou apresentar-lhe um personagem; na história oral, a entrevista serve a um projeto maior: o estudo de um tema preestabelecido. Ela é um elemento a mais que os sujeitos históricos conseguiram produzir para se conhecer, para ampliar seu modo de ver o social.

Medina (1990) propõe subdivisões dos gêneros descritos por Morin e faz distinção entre o uso da entrevista no jornalismo e nas ciências sociais.

Nas ciências sociais, quando se faz uma enquete, uma pesquisa de campo, a técnica de amostragem é rigorosa. No jornalismo, embora se dê alguma aparência de representatividade, o aleatório é o específico. (...) Por mais ambição de historiador que tenha o entrevistador, ele estará implicado em tocar o presente (atualidade); as ciências sociais são ambiciosas ao tentar recapturar o tempo e o espaço do homem. O jornalismo lida, fatalmente, com as contingências da presentificação.

O jornalista francês Martin-Lagardette (2001:111) sugere diferentes tipos de entrevistas:

Informativa: que pode ser integrada numa reportagem. Trata-se de reconstruir um fato ao qual não se assistiu. Após ouvir as falas de quem o presenciou, o jornalista fará a verificação com outras fontes.
De fundo (opinião): buscam-se respostas de uma pessoa que, por sua experiência, por sua função, tem um ponto de vista particularmente esclarecedor sobre uma situação.
Perfil: descrevem-se a vida e os hábitos da pessoa entrevistada.
Expressa: três ou quatro perguntas apenas, com respostas muito curtas. Interessa que as respostas tragam valor agregado: revelações, opiniões inesperadas ou corajosas, novidades.

No jornalismo, a escolha do entrevistado é determinada pela atualidade, a personalidade, a originalidade. Trata-se de seduzir o leitor para que ele leia o texto com prazer e curiosidade até o final. Martin-Lagardette mostra como o jornalista deve preparar-se para o encontro do entrevistado. Recomenda educação e insiste na busca de respostas objetivas. Ensina a tomar notas, indicando inclusive as abreviaturas mais comuns na língua francesa. Quanto ao texto final, não se fala em transcrição, mas em reescrita, uma vez que em jornalismo é possível mudar as palavras sem — espera-se — mudar o sentido das idéias do entrevistado. Como se vê, a discussão sobre o uso da entrevista parece não ter chegado às redações francesas. Não se pretende condenar o tipo de orientação dada por Martin-Lagardette, uma vez que a urgência das notícias não permite dedicar muito tempo à feitura dos textos. No entanto, parece-nos conveniente ressaltar a importância da voz do outro no texto jornalístico. Portelli (1997:25) mostra quanto aprendeu em seu trabalho de campo:

> Embora possamos ser doutores em qualquer matéria entrevistando analfabetos, na situação de campo são eles que têm os conhecimentos, ou seja, "o pouquinho" que estamos "tentando aprender". Podemos ter *status*, mas são eles que têm as informações e, gentilmente, compartilham-nas conosco. Manter em mente esse fato significa lembrar que não estamos falando com "fontes" — nem que estamos por elas sendo ajudados —, mas com pessoas.

Tanto na história oral quanto no jornalismo, o entrevistador faz parte da entrevista. O entrevistador também integra a entrevista, ajuda na construção da memória do entrevistado. Logo, o pesquisador também faz parte do objeto da pesquisa. Como diz François (1998:11), "o historiador é não só aquele que induz a um depoimento emancipado, mas também (...) aquele que faz com que esse depoimento não seja apenas individual e fechado sobre si mesmo".

Há, pois, grandes diferenças no uso da entrevista na história oral e no jornalismo. Não se trata aqui de analisar as técnicas da entrevista. Não há dúvida de que o jornalista dispõe dos meios que a experiência lhe forneceu para fazer boas entrevistas, dentro dos limites éticos que essa tarefa impõe. Mas as semelhanças parecem terminar aí. O restante do trabalho, transcrever e redigir, é totalmente diferente. Enquanto o historiador oral está preocupado com a fidelidade das palavras e dos fatos, uma vez que trata o texto da entrevista como transcrição, o jornalista vai editar a reportagem, ou seja, remontá-la de acordo com os critérios noticiosos. Os fatos mais interessantes, mesmo que contados no fim da entrevista, devem abrir o texto que será publicado, sem com isso ferir as regras do jogo do diálogo entre entrevistador e entrevistado. São as regras do jornalismo, segundo as quais o *lead* tem de incluir aquilo que chame a atenção do leitor.

A questão da co-autoria, por exemplo, levantada pelos historiadores, para quem o entrevistado também é autor do texto final, não é tratada no jornalismo. Tampouco as relações subjetivas entre o entrevistador e o entrevistado. Tudo isso ainda é pouco explorado nas teorias da comunicação e do jornalismo. O que importa, no caso, são as várias maneiras de se conduzir uma entrevista, seduzindo o entrevistado para obter dele o melhor de sua narrativa, provocando sua memória e extraindo mais informações, pois as histórias contadas pelos entrevistados são valorizadas no jornalismo.

Caminhos da história oral

A história oral sempre esteve ligada ao jornalismo. Segundo a pesquisadora belga Hélène Wallenborn (2000), a primeira tentativa de coleta sistemática de entrevistas foi feita na Universidade de Colúmbia (Nova York) pelo jornalista Allan Nevins em 1948. Ele fez duas sugestões para o desenvolvimento da disciplina histórica. A primeira se referia às maneiras de vulgarizar a história: ele deplorava o fato de que as obras históricas ficassem muito distantes das preocupações do público e ininteligíveis para este. A segunda seria criar uma organização encarregada de fazer sistematicamente um relatório completo sobre a participação na vida cultural, econômica e política de pessoas ainda vivas que tivessem alguma importância para a história. Isso serviria como paliativo a uma eventual ausência de arquivos no futuro — o que ele temia viesse a acontecer diante da escalada dos novos meios de comunicação.

No final da década de 1960 e início da de 1970, surgem nos EUA vários movimentos radicais exigindo, de modo geral, uma nova história, uma história vista de baixo, a das classes operárias, das mulheres, das minorias étnicas. É nesse contexto que são criados nas universidades americanas os departamentos de estudos femininos e de grupos minoritários (negros, italianos, indianos etc.), e a história oral acaba se transformando num instrumento de estudo dessas minorias por elas mesmas.

Por essa mesma época surge, em oposição ao academicismo, um movimento internacional de história oral liderado por jovens pesquisadores simpatizantes dos movimentos estudantis que agitaram os *campi* universitários no final dos anos 1960. Paul Thompson foi o operário da construção desse movimento, travando contato com gente que se interessava pelo uso da palavra das pessoas nas ciências humanas, como Philippe Joutard e Daniel Bertaux, na França, Luisa Paserini, na Itália, Mercedes Vilanova, na Espanha etc.

A história oral que utiliza a entrevista — um método criativo e cooperativo — vem demolir as barreiras entre a história acadêmica e o mundo exterior. É uma história do povo, construída em volta dele e por ele: é um meio de transformação radical do significado social da disciplina histórica. Tal movimento encontra adeptos nos militantes de todo tipo de movimento: feminista, sindicalista, analfabetos, excluídos, minorias, operários. A história oral só se faz na democracia, dando voz àqueles que tiveram que se calar.

O que fascina nessa história oral é não apenas seu compromisso com a democracia, mas sua ligação com o momento presente. Nisso há também um forte vínculo com o jornalismo, que contribui igualmente para a construção do presente. A história oral pode subverter a interpretação do passado a partir do próprio passado. Com isso, a realidade imediata estará o tempo todo promovendo a busca de explicações para qualquer passado.

Trata-se, pois, de democratizar a história, devolvendo-a ao povo. Os primeiros colóquios de história oral tinham um *status* ambíguo: ao mesmo tempo em que se assistia a um congresso científico, havia um clima de assembléia militante. Começam então os estudos sobre as narrativas, uma vez que as entrevistas tinham sido elevadas à categoria de documentos, e passa-se a falar em construção cultural da narrativa histórica.[27]

Wallenborn aponta duas tendências na história oral: uma arquivística e outra mais próxima da antropologia. A diferença estaria na escolha dos objetos, não sem implicação para os métodos: dar a palavra às pessoas sem história ou interrogar aquelas que têm documentos pessoais sobre os quais se baseiam as entrevistas. Os arquivistas põem de lado o papel social da história, deixando essa questão para futuros historiadores.

No final da década de 1980 e início da seguinte, observa-se uma mudança de atitude em relação à história oral: interrogando as pessoas sobre seu passado, só se pode atingir sua subjetividade. E aqueles que a defendem são, às vezes, os mesmos que nos anos 1970 pensavam coletar uma palavra transparente. Samuel e Thompson (1990) têm papel importante nessa mudança, denunciando o realismo *naïf* que inspirou o início da história oral: "pela escolha de sua metodologia e de seus campos de estudo, a história oral permanece atrelada ao conhecimento exato". Os autores acrescentam que o modo de se contar uma história é tão importante quanto seu conteúdo:

> estamos explorando um território interdisciplinar próximo a outros que consideram a natureza do relato uma questão essencial, entre os quais devemos pensar nos antropólogos, psicanalistas, historiadores (...) os críticos literários que lêem metáforas como chaves da consciência social.

Hoje existem duas maneiras de abordar as fontes de história oral nas universidades: a primeira, que vimos de tratar, interessa-

---
[27] Ver Rouchou, 2000.

se pela parte subjetiva dessas fontes, enquanto a segunda — mais européia — tenta definir seus limites. De fato, desde os anos 1980, em diversos meios acadêmicos, os historiadores vêm-se utilizando das palavras dos entrevistados, transformando-as em fontes orais. Tentam definir suas especificidades para lhes dar a mesma estabilidade que têm as fontes escritas. Inscrevem suas reflexões naquelas ligadas à escrita da história do tempo presente. E, talvez porque rejeitem todo aspecto militante na utilização de tais fontes, rejeitam o rótulo "história oral".

A fonte oral é então definida como uma fonte individualizada, que dá conta do ponto de vista de uma pessoa que fala em seu próprio nome; fonte subjetiva, por conseguinte, na medida em que dá conta do que o narrador pensava ou tentava fazer. A fonte oral, mesmo quando é factualmente errônea, é "verdadeira" do ponto de vista do narrador. Fala menos dos acontecimentos do que dos significados que lhes dá o testemunho. Mas, quando ela se libera dos acontecimentos ou quando alguns aspectos lhe são desconhecidos, sempre se coloca a questão da verificação. A fonte oral não raro fornece uma cronologia aleatória e fantasiosa. Isso não compromete a análise das narrativas, a qual dá prioridade às condições em que foram feitas as entrevistas, descrevendo os entrevistados em seu contexto para um melhor entendimento de sua história. Segundo Alberti (2003),

> A narrativa é um dos principais alicerces da metodologia de história oral, que pressupõe a gravação de entrevistas de caráter histórico e documental com atores e/ou testemunhas de acontecimentos, conjunturas, instituições e modos de vida da história contemporânea. Ao contar suas experiências, o entrevistado seleciona e organiza os acontecimentos de acordo com seus referenciais do tempo presente, imprimindo-lhes um sentido e transformando aquilo que foi vivenciado em linguagem. As entrevistas de história oral revelam o trabalho da linguagem em cristalizar imagens que remetam à — e que signifiquem no-

vamente — experiência. Esses relatos do passado tornam as entrevistas especialmente ricas, como observa, entre outros, o historiador Lutz Niethammer: "as histórias dentro da entrevista são o maior tesouro da história oral, porque nelas se condensam esteticamente enunciados objetivos e de sentido". É claro que uma entrevista contém não apenas histórias dentro dela, mas também análises e avaliações do passado e do presente, silêncios, interditos, e toda uma série de elementos que podem informar sobre visões de mundo e elaborações subjetivas. Mas quando nos deparamos com "boas histórias", histórias exemplares que se prestam muito bem a serem citadas, é porque seu sentido está coagulado à forma; seu significado se compreende à medida que se desenvolve a própria narrativa, e não quando se pode traduzi-las por uma "moral" ou reduzi-las a um conceito.

As perguntas quanto à fidelidade das fontes orais vêm de seu conteúdo. Este depende da distância temporal que separa os acontecimentos vividos de sua narração — aqui está em jogo a faculdade de memorização do indivíduo — e do contexto no qual ela se enuncia, quer dizer, a memória coletiva do acontecimento, do contexto político, a qual participa do discurso do testemunho. Uma mesma narrativa não poderia ser enunciada pelo mesmo entrevistado em diferentes períodos de sua existência.

Na verdade, o conteúdo depende não só do momento em que se grava a entrevista e da época em que esta é realizada, mas também da relação entre o entrevistador e o entrevistado. A subjetividade do entrevistador (historiador ou jornalista) que pergunta está imbricada na do entrevistado. O resultado é que a interpretação da fonte oral é extremamente complexa. Eis como Portelli (1997:25) vê as interações das narrativas e suas subjetividades:

> trabalhamos com a interação do social e do pessoal, trabalhamos com a interação da narrativa, da imaginação e da subjetividade, por um lado e, por outro, com fatos razoavelmente comprova-

dos. (...) A história oral não mais trata de fatos que transcendem a interferência da subjetividade; a história oral trata da subjetividade, memória, discurso e diálogo.

A história oral dá voz a outros personagens da história, nem sempre os vencidos, mas também àqueles que não teriam sequer o direito de figurar em algum compêndio de história, como, por exemplo, os torturados no período da ditadura no Brasil, as comunidades *gays*, os presidiários ou, ainda, os judeus do Egito que para cá imigraram.

Segundo Joutard (1995), a primeira geração de oralistas surgida nos EUA pretendia apenas colher material para servir futuramente a historiadores ou biógrafos. Mas a segunda, surgida na Itália no final dos anos 1960, não mais encara a história oral como uma simples fonte, e sim como "uma outra história," vizinha da antropologia, que dá voz aos "povos sem história," analfabetos, vencidos, marginais, operários, negros e mulheres. Trata-se de "uma história alternativa, não somente em relação à história acadêmica, mas em relação a todas as construções historiográficas fundadas na escrita. (...) Ela está implicitamente baseada na idéia de que, graças ao testemunho oral, atinge-se a 'verdade do povo'". Joutard detém-se em certos fenômenos migratórios, especialmente na historiografia judaica:

> O caso da história oral judaica é evidentemente específico, já que transcende as historiografias nacionais. Mas ele merece uma atenção particular sob outro aspecto, pela ligação privilegiada entre memória oral e tradição que Fabienne Regard assinala no início de sua comunicação, tanto em sua dimensão religiosa e festiva (lembremos a *Hagadá* que acompanha o *Pessach*), quanto histórica, com as várias diásporas. Essa ligação tomou proporções ainda maiores com o drama do holocausto, que torna mais necessário o dever da memória, não somente como dever

de lembrar-se, mas de transmitir uma experiência indizível para evitar que esse acontecimento único se reproduza.

Joutard acredita na eficácia da história oral e enumera as contribuições dela para o entendimento da história. Propõe a adoção de métodos científicos e chama a atenção para algumas questões a serem aprofundadas: os avanços tecnológicos dos *audiobooks* e das videocartas; a reflexão metodológica ligada ao diálogo com disciplinas vizinhas, como a sociologia, a etnologia ou a lingüística; a urgência de se responder à pergunta formulada por Jean-Pierre Wallot: "até que ponto o testemunho oral se presta a uma utilização fora do contexto e não prevista por seus criadores?". Por último, pergunta se é possível levantar as situações históricas extremas que acarretam um traumatismo profundo na memória. E conclui: "se a história oral tem um papel a representar em relação à profissão em geral é o de lembrar que, para ser totalmente 'a ciência dos homens no tempo', a história deve ser também uma arte".

A questão da legitimidade da história oral, os usos da tecnologia, a possibilidade de se reescrever as entrevistas, tudo isso faz parte do debate científico em torno da disciplina. No campo do jornalismo, não assistimos a esse debate. Nem sequer entram em pauta os códigos necessários à profissionalização do jornalista. Não há hesitação em mudar as falas sem alterar-lhes o sentido, pois o que importa é o conteúdo, ou seja, aquilo que o entrevistado acrescenta ao processo noticioso. Aqui não nos cabe julgar se essa prática é correta ou não, mas simplesmente procurar utilizar de forma mais analítica as entrevistas desse grupo de judeus imigrantes/exilados do Egito. Critica-se o jornalismo por seu entendimento raso das questões. Considerando que os textos noticiosos são cada vez mais curtos — possivelmente em função de sua veiculação pela internet —, talvez seja o caso de as pesquisas em comunicação se concentrarem na questão da análise da entrevista. Se o jornalista estiver ciente de que as entrevistas por ele realizadas, transcritas e publicadas poderão servir como fontes históricas para futuros pesquisadores, certamente ele dará maior atenção aos aspectos metodológicos da utilização da entrevista.

Fugitivos de Nasser Tentam a Vida no Rio

Sem Declinar Seus Nomes, Receosos de Represálias, Contam a O GLOBO a Sua Odisséia (REPORTAGEM NA SEGUNDA PÁGINA)

FUGITIVOS DE NASSER TENTAM A VIDA NO RIO

Embora Possuíssem Recursos, Tiveram de Fugir do Egito Com a Roupa do Corpo — Sem Declinar Seus Nomes, Receosos de Represálias, Contam a O GLOBO a Sua Odisséia

O PARQUE Hotel, na Avenida Mem de Sá, 317, tem, há quinze dias, novos e estranhos hóspedes. As crianças são alegres e travessas como tôdas as crianças. Mas seus pais trazem no rosto os sulcos do sofrimento.

A reportagem de O GLOBO tem, diante de si, um dos componentes do grupo, professor de matemática e calculista de concreto armado. Seu nome, bem como o de outros hóspedes, não daremos aqui, em atenção ao pedido que nos foi formulado.

— Temes, ainda, muitos de nós, parentes no Egito e tememos que algo lhes aconteça, em consequência de declarações que fizermos no Brasil.

E continua, falando em francês, idioma que, além de árabe, quase todos conhecem:

— Somos, na grande maioria, súditos inglêses e franceses que partiram de suas terras na África e fixaram residência no Egito. Há, entre nós, além dos nossos filhos, outros que nasceram às margens do Nilo, mas que, por um motivo qualquer, caíram na desconfiança do Govêrno do Coronel Nasser. E foram, como nós, "convidados" a fugir.

Nada Trouxeram

Perto de nós, sentado, encontrava-se um outro refugiado. E foi apontando em sua direção que prosseguiu o nosso entrevistado:

— Aquêle ali tem uma das histórias mais tristes. Deixou cêrca de seiscentas mil libras esterlinas em um banco de Alexandria, confiscadas pelo Govêrno, e só pôde trazer consigo, além da roupa do corpo, 100 libras por pessoa adulta da família e 50 por criança. O resto ficou no Egito, com a promessa de que, talvez um dia, tudo lhe seja restituído. Nessas condições é que nos retiramos do país. Abandonando casas, emprêgo e tudo que tínhamos conseguido amealhar em muitos anos de trabalho.

De Paris Para o Brasil

— Tivemos ordem de, em 48 horas, sair do Egito, logo após a entrada das fôrças anglo-francesas em Port Said. A situação já se havia tornado perigosa para nós desde que os israelenses invadiram o país pelo deserto do Sinai. E tudo foi num crescendo.

Rememora, então, a partida dramática:

— Fomos conduzidos ao aeroporto, embora muitos de nós estivéssemos dispostos a enfrentar as represálias com que as autoridades do Cel. Nasser nos haviam ameaçado, caso não partíssemos. Mas, afinal, pensamos em nossos filhos e resolvemos tomar os aviões e seguir rumo a Paris.

Após dez dias de permanência na capital francesa, recebemos convite para emigrar para o Brasil. E foi com satisfação que o aceitamos, de vez que já eram nossas conhecidas as tradições de pacifismo, liberalidade, democracia e compreensão do povo brasileiro. E embarcamos, esperançosos, no "Bretagne", com destino à nova terra de promissão.

Os Planos Para o Futuro

Foi algo difícil para a reportagem de O GLOBO conseguir esta entrevista. Os refugiados passam os dias quase que inteiramente fora do Parque Hotel, todos êles à procura de emprêgo, para que possam iniciar vida nova no Brasil.

Pelo que pudemos constatar, o grupo é formado por gente de cultura e que já teve fortuna nas mãos. Há, entre os refugiados, ex-milionários, trabalhadores liberais, e até mesmo um jóquei, considerado um dos melhores profissionais dos prados do Cairo e Alexandria: Félix Oueri.

Félix Oueri esteve conosco como os demais, se mostra interessado em trabalhar no Brasil, trazendo consigo um cartel bastante para atrair os proprietários de cavalos de corrida. E um dos poucos que trouxeram tôda a família e, por isso, pode mesmo declinar-lhe o nome.

Líder Das Estatísticas

— Durante três anos consecutivos, de 54 a 56, liderei os jóqueis egípcios do que se refere ao número de vitórias conquistadas. Ganhei muitos grandes prêmios, até mesmo alguns em prados do Líbano, Grécia e Iraque. Venho recomendado pelo próprio Embaixador do Brasil no Cairo, e espero, ainda êste ano, atuar na Gávea, entre os melhores ginetes da América do Sul.

Posse Hoje do Sr. Mário Pinotti na Presidência da L. B. A.

Está marcada para as 16 horas de hoje a posse do Sr. Mário Pinotti no cargo de presidente da Legião Brasileira de Assistência. O ato será realizado na sede da instituição, na Avenida General Justo. Com a presença de autoridades civis e militares. O novo presidente da L. B. A. exerce o cargo de diretor geral do Departamento Nacional de Endemias Rurais.

A Morte do Hindenburg

Era uma bela e cálida noite de primavera. O dirigível Hindenburg ergueu-se, no aeroporto de Rhein-Main, perto de Francforte, na Alemanha. Em *Seleções* de março, você encontra o completo relato da tragédia de Hindenburg, além de 24 outros artigos da atualidade e o resumo de um livro palpitante. «Colonos no Colorado». Leia *Seleções* de março. À venda em tôdas as bancas.

O Parque Hotel foi quase que inteiramente alugado pelos que fugiram das fôrças de Nasser, e vieram instalar-se no Brasil

Antoine Pinay Visita Oficialmente o Brasil

Chega Amanhã ao Rio o Famoso Político Francês

CHEGA amanhã ao Rio o Deputado francês Antoine Pinay, que visita o País a convite do Govêrno brasileiro. Figura de alto prestígio nos meios políticos e econômicos da França, M. Pinay presidiu em 1952 o Conselho de Ministros, tendo contido a inflação, que vinha em escala ascendente desde o término da guerra. Como Ministro dos Negócios Estrangeiros, em 1954, promoveu a política de integração econômica européia. M. Pinay é hoje presidente do grupo de deputados independentes (sem partido) da Assembléia Nacional Francesa. O "Bandeirante" da Panair que trará o ilustre visitante deixou hoje Paris, devendo aterrar no Galeão amanhã, às 12h 40m.

O TEMPO

Informa o Serviço de Meteorologia que o tempo, hoje, transcorrerá com nebulosidade, experimentando a temperatura ligeira elevação. Os ventos, de norte, serão de fracos a moderados. Máxima, 29,5, e mínima, 18,8.

Fonte: *O Globo* abr. 1957.

Capítulo 2

História dos judeus do Egito

*A história que se tenta aqui é a deles, com suas contradições
e a complexidade das relações.*
Robert Ilbert

O norte da África e as migrações da bacia do Mediterrâneo não são temas habituais nas pesquisas em comunicação. Daí a escassez de bibliografia e de parceiros para se discutir os conflitos no Oriente. Não vamos tratar aqui das guerras no Oriente Médio, nem das lutas no Afeganistão. Interessam-nos as razões pelas quais o grupo aqui estudado foi expulso do Egito, as condições históricas então vigentes e o desvendamento das relações entre árabes e judeus nos anos 1950.

Quase não há bibliografia em português sobre as razões que levaram o presidente Gamal Abdel Nasser a nacionalizar o canal de Suez em 1956. Para conhecer o contexto histórico em que se insere o grupo em questão, foi necessário buscar, na história das migrações do mundo árabe, as razões que levaram hordas de novos migrantes para a região egípcia. A Maison Méditerranéenne des Sciences de l'Homme, em Aix-en-Provence, no sul da França, é uma instituição de referência por suas pesquisas sobre as migrações no norte da África e em toda a bacia do Mediterrâneo. Nela foi possível ter acesso à bibliografia existente sobre o assunto.

A comunidade judaica no Egito é uma das mais antigas da diáspora. Antes da destruição do primeiro templo por Nabucodonosor, em 586 a.C., já havia judeus no Egito. A convivência de judeus com egípcios remonta, pois, aos tempos bíblicos de José,

Salomão e Moisés, alternando momentos de paz e harmonia com tensões e conflitos.

Em 1956, o governo Gamal Abdel Nasser iniciou um processo de nacionalização, a começar pelo canal de Suez, expulsando os estrangeiros das terras egípcias. A maioria dos judeus tinha então nacionalidade grega, italiana, francesa ou inglesa.

Usaremos aqui como fio condutor dessa longa história a cronologia estabelecida pelo pesquisador Victor Sanua e publicada numa revista comemorativa dos 40 anos da imigração dos judeus do Egito ao Brasil.[28] O primeiro tópico cobre o período que vai desde a aliança entre o rei Salomão e o faraó até a fundação de Alexandria. De 525 a.C. a 30 a.C. sucedem-se os domínios persa, grego e romano. Segundo Leftel (1997),

> Os atritos entre os alexandrinos e os judeus aumentaram quando o Egito tornou-se província romana em 30 a.C. O imperador romano Augusto modificou a Constituição do Egito, criando três classes sociais (...) com os judeus na classe mais baixa.

Há bairros judeus em Alexandria à época do filósofo Fílon (c. 13 a.C.-54 d.C.), constituídos por várias classes sociais. Os judeus têm papel importante no comércio, na navegação e na vida artística e literária. Alternam-se momentos de integração e de anti-semitismo. O Pentateuco ou Torá (Antigo Testamento) é traduzido para o grego, a famosa versão dos Setenta, patrocinada pelo grego Ptolomeu II (285-246 a.C.). Este libertou escravos judeus e chegou a constituir um regimento militar judeu.

> Entre 117 e 300 d.C., os judeus praticamente desapareceram do Chora, e em Alexandria a grande sinagoga foi destruída e os tribunais judaicos foram suspensos. A grande e coesa comunidade

---

[28] *O Segundo Êxodo — 40 anos depois*. São Paulo: Fesela, 1997.

judaica que os papiros evidenciam em abundância até 70 d.C. quase desaparece após a revolta mencionada e torna-se insignificante até o século III.[29]

Nesse século, várias sinagogas são construídas em Alexandria (Schedia, Alexandrou Nesou, Nitriae), geralmente dedicadas à glória da dinastia reinante. Os judeus do Egito mudam seus nomes, adotando até mesmo os de deuses do Olimpo. Nessa época ptolemaica, os judeus podiam observar seus costumes, mas não tinham direito à cidadania, reservada aos gregos.

Em 47 a.C., o Egito cai sob jugo dos romanos e, por terem apoiado Júlio César, ganham direito de cidadania. Dezessete anos depois, o *status* peculiar da comunidade judaica foi revisto na nova Constituição egípcia, ficando os judeus no nível mais baixo da escala social; foram proibidos de freqüentar os ginásios e tinham de pagar altas taxas discriminatórias. Chouraqui (1998) faz uma análise desse período:

> Confrontados a essa situação humilhante cujas razões políticas são evidentes, eles se organizam para defender seus direitos. O *Contre Apion* de Flavius Josef, a *Vida de Moisés* de Fílon e até mesmo a tradução da Bíblia, feita anteriormente, são obras apologéticas destinadas a provar a legitimidade da presença dos judeus no meio helenístico.

Gregos e judeus entram em conflito, levando o imperador romano Caio Calígula a pilhar sinagogas e massacrar judeus. No ano de 41, após o assassinato de Calígula, os judeus se vingam e massacram gregos. Em 66, após a revolta de Jerusalém contra Roma, as tensões levam a enfrentamentos sangrentos entre gregos e judeus. O templo de Jerusalém é incendiado, assim como o tem-

---

[29] Leftel, 1997.

plo de Leontópolis, no Egito. A grande sinagoga de Alexandria, "orgulho dos judeus da diáspora", também é destruída, e terras e empresas de judeus são confiscadas. "A vida judaica em Alexandria desapareceu", diz Sanua (1994).

Período Árabe

Em 640 o Egito é conquistado pelos árabes, mas há pouca documentação a respeito; começa então a difusão do islamismo e da língua árabe. Data dessa época também a fundação do Cairo. Em 960, os fatímidas conquistam o país e há um período de prosperidade. Essa dinastia faz do Egito o centro de seu império, que inclui, no fim do século X, quase todo o Magreb (Argélia, Tunísia e Marrocos), a Síria e a Palestina. Aproveitando-se desse momento favorável, os judeus passam da condição de camponeses e artesãos a negociantes, com o beneplácito dos soberanos geralmente favoráveis aos *dhimis* cristãos ou judaicos de seu império. Não mais se aplicam as leis discriminatórias de Omar, que obrigavam os judeus a usar sinais nas roupas indicando seu credo e os proibiam de andar a cavalo e portar armas. Um judeu convertido ao islamismo, Yaacoub ibn Killi, ocupa a função de vizir, e durante esse período abrem-se escolas judaicas.

A trégua dura até o final do século X, quando o califa fatímida El-Hakim (996-1020), fundador da seita drusa, ordena que judeus e cristãos usem em suas roupas sinais de sua religião. O califa manda destruir sinagogas e igrejas, e torna a tributar os *dhimis*, levando os judeus a partirem para o Iêmen e Bizâncio. No fim da vida, El-Hakim voltou atrás em suas ordens, aboliu as medidas extremadas e permitiu a volta ao judaísmo daqueles que haviam sido convertidos à força.

Com base nos documentos da Guerniza (os documentos do Mar Morto, encontrados numa arca, no Cairo), Chouraqui (1998) estima que havia de 12 mil a 20 mil judeus no Egito por volta de 1165, ano em que o médico, teólogo e filósofo Maimônides (Mose Ben Maimon, 1135-1204), nascido em Córdoba, vem estabelecer-se no Cairo. Vindos da Mongólia, os mamelucos invadem o Oriente Médio, inclusive Jerusalém, e lutam contra os cruzados. A situação dos judeus se deteriora, eles são obrigados a usar roupa especial e sofrem restrições severas. Os novos conquistadores tomam medidas contra judeus e cristãos, proibindo-os de ter emprego público. Os cristãos deviam usar turbante azul, os judeus, amarelo, e os samaritanos, vermelho. Segundo Chouraqui (1997),

> Os mamelucos estabeleceram monopólios comerciais que arruinaram os negócios marítimo e de caravanas dos coptas e dos judeus. Ao final do século XV, (...) o número de judeus cai para 5 mil pessoas, a maioria instalada no Cairo e Alexandria. (...) Entre os caraitas e os samaritanos ficam apenas algumas dezenas. Uma presença simbólica que ainda permanece até os dias de hoje. A expulsão dos judeus da Espanha em 1492 provoca a movimentação dos refugiados para o Leste. Os recém-chegados constituem no Egito comunidades separadas que procuram manter suas tradições e cultura.

Kramer (1989:16) fala dos judeus sefaraditas (ibéricos) que vão para o Egito durante a *reconquista* cristã da Espanha muçulmana, particularmente depois da expulsão dos judeus da Espanha e de Portugal, em 1492 e 1497, respectivamente:

> Eles foram seguidos por muitos outros imigrantes sefaraditas de outros pontos da Europa e do império otomano. Eles eram superiores em termos de educação geral e estudos, conexões internacionais e, em alguns casos, até ricos, e rapidamente dominaram a comunidade local, que fora bastante reduzida nas últimas décadas de domínio mameluco. A maioria do sefaraditas chegou no final do século XIX e início do século XX com a onda de imigração vinda do norte da África, Grécia (notadamente Salonica),

Itália, Turquia (Esmirna), Síria e Iraque. Eles se juntaram à classe média comercial e empreendedora e em várias áreas tiveram sucesso, fizeram fortuna e tornaram-se influentes na comunidade em pouco tempo.

Em 1517, os turcos otomanos tomam o Egito aos mamelucos, transformando-o numa das províncias do império otomano por mais de 300 anos:

> Os otomanos, no auge de seu poder, foram tolerantes, e os judeus ocuparam posições importantes na administração financeira e na arrecadação de impostos. Quase todos os governadores turcos enviados ao Egito entregavam a responsabilidade da administração financeira a agentes judeus que eram conhecidos como *sarraf-bashi*. Estes "ministros das Finanças" arrecadavam os impostos e eram os encarregados da Casa da Moeda. Os governadores tinham também médicos judeus que eram designados para altos cargos no governo.[30]

Suleimão, o Magnífico (1520-66), é considerado o maior dos sultões otomanos: conseguiu a paz e a segurança para os habitantes do império e, em conseqüência, a expansão econômica e o aumento da população. Introduziu o sistema de capitulações ou pactos com os países cristãos da Europa para proteção de seus súditos. Muitos judeus que imigraram de fora dos domínios otomanos foram beneficiados por esses acordos, que tinham grande importância para sua situação legal. Puderam eles assim obter a garantia de direitos extraterritoriais e proteção contra atentados às suas propriedades e à sua pessoa. Nesse período, os judeus passam a atuar na área financeira do país. O Egito torna-se uma província otomana governada por paxás indicados pelo governo turco:

---

[30] Leftel, 1997.

No final do século XVI os sultões otomanos introduziram as leis discriminatórias em relação aos adeptos de todas as religiões não-muçulmanas, que eram considerados infiéis. (...) A tirania do governo turco e o declínio político-econômico do império afetaram o nível cultural do judaísmo egípcio, e a comunidade não mais foi liderada, como no século XVI, por renomados rabinos.[31]

Chouraqui relaciona os três tipos de comunidade judaicas existentes à época: os mustarabim, autóctones de língua árabe; os mograbim, originários da África do Norte; e os sefaraditas, chegados da Espanha. Nessas comunidades de níveis econômicos e culturais diferentes há conflitos internos que só vão se atenuar nos séculos XVII e XVIII, quando as autoridades otomanas passam a executar aqueles que não atendessem às suas exigências.

Independência do Egito

O domínio otomano cessa na época da guerra contra a Rússia. Em 1768, Ali Bey, governador do Cairo, "aproveita-se da situação para proclamar-se governador de um Egito independente, querendo estender sua soberania até a Palestina, a Síria e até a Arábia".[32]

A Europa começa então a interessar-se pela outra margem do Mediterrâneo. Em 1798 é a campanha de Napoleão que leva cientistas e pesquisadores, fundando aí escolas. Champollion decifra os hieróglifos da pedra de Roseta: este é um momento histórico para o Egito. O reinado de Mohammed-Ali (1805-48) promove reformas que também beneficiam os judeus. Mais tarde, Ferdinand de Lesseps inicia a construção do canal de Suez, que traria prosperidade ao país.

---

[31] Leftel, 1997.
[32] Ibid.

Após a construção do canal, e com o rápido desenvolvimento alcançado pelo quediva Ismail entre 1863 e 1879, muitos estrangeiros estabeleceram-se no Egito, incluindo judeus da Europa, África e Ásia. O censo realizado em 1897 registrou 25.200 judeus, dos quais 12.507 eram cidadãos estrangeiros.[33] Do total de judeus, 8.819 viviam no Cairo (dos quais cerca de mil eram caraítas) e 9.831 em Alexandria. Os demais se instalaram em Tanta (2.830), Mansura (508) e Port Said (400), enquanto cerca de 2 mil dispersaram-se por comunidades no interior.[34]

Com a ocupação britânica do Egito em 1881, a situação dos estrangeiros, entre os quais os judeus, melhora ainda mais. Estes passam a ocupar lugar de destaque na economia e na sociedade. Os judeus europeus fundam suas sinagogas, abrem-se novas escolas. A Aliança Universal Israelita estende sua ação política e educativa após a viagem de seu presidente maçom Adolphe Cremieux, político judeu que chegou a ministro da Justiça e dos Negócios Estrangeiros do governo francês. Defensor dos judeus perseguidos, ele propunha, com a Aliança, "salvar, pela educação, as massas judias, vítimas da fraqueza física e moral provocada pela opressão, a miséria e a ignorância no Oriente Médio. Em pouco tempo foram fundadas escolas em vários países, destinadas a pessoas de todos os credos".[35]

Os judeus passam a participar ativamente da vida política do país. Em 1915, são eleitos para o Parlamento, tornam-se senadores, ministros:

> Aos poucos os judeus ricos deixaram os antigos bairros do Cairo e Alexandria e construíram grandes residências, formando novos bairros; construíram novas sinagogas e começaram a ocupar espaço na vida pública também. (...) Podemos afirmar que no fi-

---
[33] Leftel, 1997.
[34] Ver Chouraqui, 1997.
[35] Leftel, 1997.

nal do século XIX e na primeira metade do século XX, os judeus participaram enormemente do desenvolvimento econômico do país, mesmo sendo uma pequena minoria da população.[36]

No século XIX os judeus egípcios eram predominantemente uma comunidade urbana, e no século XX estavam concentrados nas grandes cidades. "No período entre as duas grandes guerras, 95% dos judeus residiam no Cairo ou em Alexandria. Estes dados têm fundamento científico, já que o Egito era o único país do Oriente Médio que realizava censos populares regularmente desde 1882."[37]

Os judeus militam, participam dos movimentos de cunho nacionalista ou mesmo sionista existentes no país desde o final do século XIX. Diz Ilbert (1996):

> Durante a década de 1830, Alexandria é uma "cidade nova". Os habitantes encontrados pelas tropas de Bonaparte estão misturados a uma multidão vinda de todos os cantos do Egito (...) Mohammed Ali, após a retomada do Cairo dos últimos mamelucos, fez da cidade-porto o novo centro de sua potência. Em 1819, centenas de felás tiveram de cavar um canal de água doce; outras centenas foram trabalhar no arsenal. O mar voltou a ser o horizonte dos donos do país. (...) A cada mês chegavam novos migrantes. (...) Era o Egito engajado numa política mediterrânea (...), tornou-se a *plaque tournante* de um Oriente Médio já em crise. (...) Os antigos cônsules perdem seus postos para os profissionais da política.

Esse modelo efêmero de convivência foi quebrado, entre outras causas, por um movimento nacionalista árabe, o WAFD

---
[36] Leftel, 1997.
[37] Ibid.

(Wafd al Mizri ou Delegação do Egito), que se reuniu em Londres, em novembro de 1918, para defender os interesses do povo egípcio nas negociações de paz após o colapso do império otomano. Na virada do século XX, o poder no Egito era exercido, de fato, pelas múltiplas comunidades instaladas no Cairo e em Alexandria. Ainda segundo Ilbert,

> as fundações comunitárias e as sociedades beneficentes tinham um papel central. Elas compensavam o poder ausente. Eram organizadas seja sobre um suporte religioso, seja um suporte nacional, e foram quase todas criadas após 1860. O quebra-cabeça sobre o qual o Egito liberal ia se construir estava sendo composto.

Os conflitos mais radicais só começariam na segunda metade do século XX, com o advento dos nacionalismos árabe e judeu. Antes disso os judeus do Egito não estavam sujeitos a restrições geográficas, econômicas ou ocupacionais. Não havia profissões nem lugares proibidos. Embora tendessem a se aglomerar em bairros próprios nas cidades muçulmanas, isso ocorria espontaneamente, e não por alguma restrição. Exerciam sobretudo funções que envolviam contato com os "infiéis" e, portanto, desprezadas pelos muçulmanos, como a diplomacia e os negócios bancários. Durante o protetorado inglês, o número de judeus duplica, passando de 30 mil para 60 mil. Havia 15 sinagogas em Alexandria, 30 no Cairo e outras mais no interior, bem como instituições beneficentes e hospitais israelitas, além de associações esportivas, como a Macabi.

O Egito é reconhecido como Estado soberano pela Grã-Bretanha, e o sultão Fuad torna-se rei. O país tem uma Constituição e duas assembléias, mesmo sendo ainda um protetorado inglês. O sistema das capitulações é abolido, assim como o *status* preferencial para estrangeiros e os tribunais mistos. Os judeus de nacionalidade estrangeira são atingidos. Segundo Sanua (1994), "na grande efervescência cultural européia que atinge o Egito, os judeus têm grande participação. O rei Faruk assume o trono aos 16 anos, é muito festejado e amado. Favorável ao nazismo por 'anglofobia'".

Pouco antes do início da II Guerra, o Egito iria servir de base militar inglesa para a defesa do canal de Suez. Os judeus militam na Liga Internacional contra o anti-semitismo, conseguindo um boicote comercial contra os produtos alemães.

Os judeus eram predominantemente urbanos, poliglotas, comerciantes de classe média e profissionais liberais. Segundo o historiador Joël Beinin (1998) ,"rapidamente ambientaram-se nos meios urbano e cosmopolita. A maior parte não era estritamente religiosa e não vivia como uma comunidade à parte". Kramer (1989:32) reproduz em seu livro uma carta do arcebispo de Besançon, datada de 21 de junho de 1930: "a comunidade judaica é uma das mais importantes e a mais francesa dos grupos no Egito; uma possível redução de nossa influência sobre eles não deixaria o governo indiferente".

Até os anos 1920, a língua mais falada na comunidade judaica foi o italiano, substituído a partir de então pelo francês. No começo da década de 1940, vários grupos de esquerda se organizaram em torno da União Democrática, incluindo judeus e árabes, como Henri Curiel, Marcel Israel e Ahmad Sadiq Sad. O local de reunião dos movimentos nacionalistas era a livraria Rond Point, no Cairo. Curiel, filho de um banqueiro judeu de origem italiana, teve papel importante na luta pela integração nacional. Expulso do país pelo WAFD em 1950, assim como outros judeus de organizações esquerdistas, Curiel vai para a França, onde leva uma vida de intensa militância até ser assassinado ao sair de casa, em Paris, em 1978.[38]

---

[38] Ver Kramer, 1989:181-182.

Partilha da Palestina

A hostilidade contra os judeus começa a aparecer na partilha da Palestina e acaba por explodir na guerra do canal de Suez. A origem dos conflitos não estaria nas diferenças religiosas entre nacionais e estrangeiros, a julgar pelos períodos de harmonia já verificados anteriormente. Chouraqui (1998) corrobora essa hipótese. Segundo ele, a criação do Estado de Israel em 15 de maio de 1948,

> abala os frágeis equilíbrios e marca o final da história milenar dos judeus no Egito. Em 1947, a maioria dos 65.600 judeus do país eram comerciantes (59%); os demais eram empregados na indústria (18%) ou no serviço público (11%). Uma minoria era formada por profissionais liberais e bancários; alguns gozavam de prestígio internacional e grande fortuna.

A partir do final da II Guerra começam as perseguições à comunidade sefaradita egípcia. Segundo dados do *American Jewish Year Book*, esta contava 75 mil indivíduos em 1848. Após a criação do Estado de Israel, esse número cai para 40 mil em 1955 até chegar a 250 em 1982. Em novembro de 1945, o bairro judeu do Cairo é atacado, em represália aos acontecimentos na Palestina, sendo incendiados um hospital, uma sinagoga e um asilo para idosos. Chouraqui (1998) apresenta mais números: em 1947, uma lei restringe a 25% o número de estrangeiros autorizados a trabalhar nas empresas do país. Apenas 20% dos judeus tinham nacionalidade egípcia; os outros 80% tinham outra nacionalidade ou eram apátridas, ficando assim prejudicada a grande maioria dos judeus. Logo após a proclamação do Estado de Israel tem início uma perseguição, com confisco de bens, prisão e morte de judeus. Para Victor Sanua (1994), os ingleses têm uma parcela de culpa nos conflitos:

> A situação dos judeus no Egito se degrada durante toda a ocupação britânica, reflexos dos conflitos na Palestina entre judeus e

árabes. Os responsáveis não foram apenas Nasser e sua ambição, a guerra ou o sionismo, mas também a política britânica de "dividir para reinar". Os ingleses fizeram propaganda anti-semita entre as duas guerras, seguidos, entre 33 e 39, pelos alemães.(...) A cada guerra contra Israel (1948/56/67) ocorre, após a derrota, uma campanha de intimidação contra os judeus: prisões sumárias no meio da noite, de madrugada; confisco e seqüestro de bens; internação em campos de concentração e nas prisões.

De 1948 a 1950, segundo dados de Chouraqui (1998), 25 mil judeus fugiram do Egito, dos quais 14 mil instalaram-se em Israel. Os remanescentes tiveram de ajudar a sustentar a causa árabe com contribuições para os soldados, contra Israel. Em 1952, uma rebelião militar derruba o rei Farouk, assumindo então o poder o general Muhamad Naguib, que não é hostil aos judeus. É uma revolução cuja língua é o árabe, não mais o francês, a língua da cultura e da elite. A situação piora para os judeus quando Gamal Abdel Nasser toma o poder, em fevereiro de 1954. Nasser pregava a nacionalização e pensava o Egito numa ótica pan-árabe: "'o arabismo', dizia Nasser, 'é para nós uma questão de destino, uma questão de existência e uma questão de vida'".[39]

Muitos judeus são acusados de sionismo ou comunismo. Alguns são condenados à morte, outros morrem na prisão. Aos poucos a população judia entra em pânico, as prisões se multiplicam, exigem-se contribuições para o exército egípcio. Os industriais judeus são obrigados a vender suas empresas ao governo egípcio.

Os conflitos no Oriente Médio se intensificam em 1955, e no ano seguinte Nasser nacionaliza o canal de Suez, então sob domínio inglês. Franceses e ingleses planejam ações militares contra o Egito, com a ajuda de Israel. Em outubro, uma força israelense

---

[39] Roux, 2000.

chega ao Egito de pára-quedas e tem início a campanha de Suez, definida pelos egípcios como uma "tripla e covarde agressão", segundo o escritor e jornalista francês Robert Solé (1997).

O historiador Eric Hobsbawm, nascido em Alexandria e levado pela família aos dois anos de idade para Viena e depois para a Inglaterra, fala sobre essa operação militar:

> Sem dúvida, em retrospecto, a tentativa da Grã-Bretanha e da França de reafirmarem-se como potências imperiais globais na aventura de Suez em 1956 parece mais condenada ao insucesso do que evidentemente parecia aos governos de Londres e Paris, que planejaram, junto com Israel, uma operação militar para derrubar o governo revolucionário do coronel Nasser, no Egito. O episódio foi um fracasso catastrófico (exceto do ponto de vista de Israel), tanto mais ridículo pela combinação de indecisão, hesitação e pouco convincente desfaçatez do primeiro-ministro britânico Anthony Éden. A operação, mal lançada, foi cancelada por pressão dos EUA, empurrou o Egito para a URSS, e acabou para sempre com o chamado "momento da Grã-Bretanha no Oriente Médio", a época de incontestada hegemonia britânica naquela região, instaurada a partir de 1918.[40]

Franceses, ingleses e israelenses rompem o bloqueio egípcio e tomam a cidade de Gaza, no Sinai. Mas isso não afetou o regime de Nasser, que conseguiu, segundo Laskier (1992), "por meio de manobras políticas, transformar a derrota em vitória. Conseqüentemente, a posição de Nasser no mundo árabe estava consolidada". Já para os historiadores Jean e Simone Lacouture (1956), Nasser "certamente não ganhou a guerra para equipar seu país, para a estabilização de sua independência, para garantir a segurança. Ele acumulou muitos ódios contra sua pessoa e seu regime".

---

[40] Hobsbawm, 1995:218.

Logo após a guerra de 1956, o governo tomou medidas drásticas contra os cidadãos de nacionalidade inglesa ou francesa e também contra a comunidade judaica simpatizante do sionismo. Muitos foram expulsos do Egito e tiveram suas propriedades confiscadas. Boa parte dos líderes judeus do Cairo e de Alexandria foi presa. Diz Chouraqui (1998):

> A campanha de Suez, em novembro de 1956, levou à prisão de centenas de judeus. Quatro campos de concentração serviram para internar cerca de 3 mil judeus. Milhares de outros receberam ordem de deixar o país em alguns dias sem poder vender nem exportar nenhum bem. Os deportados se comprometiam, ao sair do país, a nunca mais retornar, assinando papéis em branco onde transferiam todos os seus bens para o governo. A Cruz Vermelha internacional ajudou 8 mil judeus apátridas a serem expatriados para Israel, Grécia, Itália e França. Essas deportações continuaram até 1957, seguidas de múltiplas saídas voluntárias. Nesse ano restavam no país 8.561 judeus, 65,3% no Cairo e 32,2% em Alexandria. Essa população reduziu-se ainda mais até chegar, em 1967, a 3 mil pessoas, das quais apenas 50 eram asquenazes.

A historiadora Marion Germain (1998/99) comenta a arbitrariedade das expulsões:

> Um grande número de judeus apátridas foi obrigado a sair do país por ações de intimidação (muitas vezes apenas ordens verbais, nem sempre muito oficiais). Vale notar que os judeus apátridas se diferenciavam muito pouco dos judeus de nacionalidade egípcia, pois estes foram rapidamente destituídos de sua nacionalidade. Dessa vez, as dificuldades impostas aos judeus eram mais severas, a distinção entre judeus e sionistas era cada vez menos clara (apesar dos esforços dos dirigentes da comuni-

dade judaica, que tentavam dissociar-se do sionismo). (...) Os judeus sabiam que não tinham mais futuro no país.

Eis, em linhas gerais, o contexto em que os judeus do Egito vêm para o Rio de Janeiro. Com prazos exíguos para deixar seu país, eles tinham enviado seus pedidos de visto a diversos consulados: EUA, Canadá, França, Brasil. O Brasil vai receber esses imigrantes com vistos concedidos pelo presidente Juscelino Kubitschek:

Ainda segundo Germain, cansados de viver num país em guerra, alguns desses judeus não queriam ir para Israel e vislumbravam a possibilidade de vir para o Brasil: "eles preferiram esperar, para partir, um momento mais propício, que, aliás, se anunciava, pois o Brasil acabara de autorizar algumas dezenas de vistos e corria o boato de que os EUA também fariam o mesmo".

De acordo com Leftel, a embaixada brasileira no Cairo tinha instruções para não limitar o número de vistos, devendo porém emiti-los ordenadamente, de modo que houvesse infra-estrutura para receber os imigrantes. A única exigência do governo brasileiro era a apresentação de um atestado de saúde e outro de idoneidade moral, sendo importante constar, neste último, que o imigrante não era comunista. O governo egípcio permitiu que os emigrantes levassem apenas 20 libras egípcias (cerca de US$ 3,50) por pessoa, além de objetos de uso pessoal, porém nada de valor (jóias, obras de arte etc.). Viram-se eles, pois, obrigados a vender seus bens por preços irrisórios para poder comprar provisões para a viagem e pagar a passagem até o porto europeu de onde a Hebrew Immigrant Aid Society (Hias) encarregou-se de trazer a maioria para o Brasil, onde receberam visto permanente. Entre esses imigrantes, aproximadamente 60% eram apátridas, 20% tinham nacionalidade italiana, e 15%, francesa. Os demais tinham nacionalidade grega, espanhola ou britânica; pouquíssimos tinham nacionalidade tunisiana ou marroquina, e apenas duas famílias tinham nacionalidade egípcia. Leftel (1997) observa que

A questão dos apátridas no Egito (...) tornou-se mais grave com o decreto de 22 de novembro de 1956 (que emendou a "lei da nacionalidade" de 1950), cujo primeiro artigo estipulava que "nem sionistas, nem aqueles contra os quais havia uma sentença por crimes de deslealdade ao país, ou por traição" fossem considerados egípcios. Esse artigo mais adiante dispunha que "não será aceito nenhum pedido de expedição de certificado de nacionalidade egípcia de pessoas conhecidas como sionistas". Não havia no decreto nenhuma definição do que constituía um sionista.

Após esse breve panorama histórico, vamos tentar descobrir, através dos depoimentos dos membros desse grupo, qual a sua percepção dos acontecimentos que marcaram suas vidas. A expulsão do país natal foi por eles vivenciada de diferentes maneiras, mas sempre intensamente: tristeza, melancolia, sensação de fracasso e, com o passar dos anos, a reconstrução.

Eles eram "estrangeiros" ou egípcios. Falavam geralmente em francês, algumas vezes em árabe, grego ou italiano, mais raramente em inglês. Viraram quase todos estrangeiros quando chegou a hora. (...) Modelaram uma cidade bem no Egito. Mas não o Egito do nosso tempo, aquele que se arrancou dificilmente do império otomano para ser submetido a outras forças. A dominação imperialista não é suficiente para defini-los. Eles eram os produtos e muitas vezes os agentes. Eles chegaram até a imaginar um mundo. Por outra via, encontramos o imaginário.[41]

---

[41] Ilbert, 1996:xxiii.

Programa e entrada do Ciné Mohamed Aly.
Fonte: arquivo pessoal da autora.

Capítulo 3

Do Mediterrâneo ao Atlântico

Ah! C'eût été magnifique si mes souvenirs avaient été écrits.
Naguib Mahfouz, em *Miramar*

Discretos, *low-profile*, os judeus do Egito quase não se reúnem na cidade do Rio de Janeiro, como fazem a comunidade egípcia de São Paulo, por exemplo, ou as de Paris, Genebra e Montreal, que promovem encontros mensais, viagens em grupos, noitadas egípcias, em que todos relembram suas aventuras. A comunidade do Rio dispersou-se pelos bairros da cidade, pequenos grupos de amigos juntaram-se a outros grupos de brasileiros, alguns ficaram mais fechados em suas famílias. Seja como for, não se manifestam. Nem mesmo em 1997, quando se festejaram os 40 anos da chegada ao Brasil. Escrever um livro contando suas histórias? Impensável. Nenhum deles sequer imaginou tal ousadia. No entanto, ao serem entrevistados para este livro, lançaram mão de pequenas autobiografias, sem nenhum constrangimento. Se tivessem lido o romance *Miramar*, de Mahfouz, citado em epígrafe, concordariam com o autor. Mesmo sem tê-lo lido, a aquiescência em abrir parte de suas vidas nos permite supor que acharão magnífico ler suas lembranças.

Nem sequer fazem idéia do que será aproveitado das horas de fitas que se dispuseram a gravar como atores principais. Para a maioria, as narrativas foram uma oportunidade de fazer um balanço do passado, um retorno àquelas cidades e àquelas vidas agora tão distantes e estrangeiras. Alguns preferiram se expressar em francês, outros optaram por falar de suas vidas em português. É curioso que tenham introduzido em seu repertório a língua do presente. A raiz replantada na distante América do Sul, após haver trocado o Mediterrâneo pelo Atlântico, cresceu, floresceu e conta o seu passado, atualizado no presente por intermédio do português, para as gerações futuras. Veremos aflorarem aqui os temas comuns ao grupo, o trauma, os tempos bons no Egito, a religião, o Rio de Janeiro de JK, os sabores e cheiros da terra natal.

Vamos perceber que o trauma se alterna com uma saudade profunda, um carinho enorme pelo Egito, muitos cheiros, perfumes, imagens claras de suas casas. Os silêncios, a procura de palavras, ou rompantes em que se notam claramente os traumas, a tensão nas vidas desses sujeitos. Chegaram ao Brasil como imigrantes. Mas saíram como exilados.

O TRAUMA: TEMPO DE EXPULSÃO

Se cada qual tem sua vida, sua história, repertórios e códigos pessoais, todos sofreram o mesmo trauma: ter de trocar o país natal por outro onde pudessem encontrar abrigo e, ao menos momentaneamente, alguma segurança como estrangeiros e judeus. A memória traumática se manifesta em alguns detalhes, vivenciada ao longo dos anos transcorridos desde a criação do Estado de Israel, em 1948. Essa data é recorrente nos relatos como o demarcador de uma convivência destruída. A harmonia, que era a tônica no país onde coabitavam vários grupos de diferentes etnias e nacionalidades, começou a desfazer-se. O medo de assumir a identidade judaica foi crescendo até se tornar insuportável e culminou com a expulsão. A saída de T. e sua família foi quase intuitiva. Foi sua mãe a primeira a perceber que tempos terríveis se anunciavam para os judeus. Não hesitou. Juntou panelas, potes, frigideira, um relógio, os filhos e saiu do Egito. O marido ainda ficou para resolver questões burocráticas.

— Teve um dia... nós estávamos passando férias numa praia, você sabe, lá era assim, a cidade e a praia, era tudo muito próximo, mas, quando chegavam as férias, nós alugávamos uma casa... E de vez em quando meus pais voltavam à noite pra fazer alguma coisa na cidade, e numa dessas idas a minha mãe passou por uma praça pública onde tinha dois bonecos judeus que estavam sendo malhados. Era uma execução. Naquele momento a minha mãe falou pro meu pai: nós vamos embora, nós não podemos ficar aqui. Então, eu me lembro, num dia eu voltei da escola e minha mãe falou assim: "eu vou te contar um segredo", e ela tava com uma caixa de... uma caixa onde eu colocava... Eu tinha uma amiga que morava ao lado da nossa casa, ela não era judia, e nós duas passávamos a tarde fazendo roupa de boneca, e eu tinha uma caixa com as roupas das bonecas que eu ia fazendo à tarde. A mamãe me deu essa caixa e falou: "você vai dar essa caixa de presente pra sua amiga, que nós vamos viajar, e você não pode levar isso. E você não pode contar pra ninguém que a gente vai viajar". E assim foi feito. Uma semana depois nós viajamos: eu, minha mãe e meu irmão. E meu pai ficou no Egito pra vender o que tínhamos. E nós fomos para a Itália.
— Em que ano?
— Em 1956. (...) Então, da noite pro dia, eu me lembro do navio, foi num navio italiano que a gente chegou. Eu não lembro da chegada, eu acho que a gente chegou em Gênova e pegamos um trem pra Milão. Eu, minha mãe, meu irmão, nós fomos pra Milão. E, de repente, um novo mundo. Minha mãe me disse: "a gente fecha a porta e não olha pra trás. Só olha pra frente". Ela deixou uma casa, a família, uma condição econômica, e eu me lembro que ela levou na mala uma frigideira, uma caneta, um relógio — eu tenho o relógio dela até hoje —, um conjunto de potes de alumínio pra colocar as coisas, essas peças a gente tem até hoje. O essencial pra sobrevivência: uma panela, uma frigideira e aqueles potes.

Nas entrevistas por mim realizadas, as primeiras perguntas eram: como era sua vida no Egito? Como foi a vinda para cá? Por que o Brasil? Antes de começar, eu perguntava se poderia gravar as falas. Não houve constrangimento, nem inibição, e nenhum deles me pediu para fazer alguma confidência em *off*.

O primeiro entrevistado, L., foi a exceção: não conseguiu superar o trauma do exílio, sentia muita falta de sua terra e estranhou muito os hábitos cariocas, que considerava libertinos: "Imagine! As pessoas aqui se esfregam no meio da rua!", exclamou.

No depoimento de S., em meio a lágrimas, o momento mais dramático foi a lembrança da saída do Egito. Veemente, ela parece inconformada por ter sido expulsa, ou melhor, *chassée* (enxotada), como prefere dizer. Sua dor é pungente, o passado parece estar sendo não apenas lembrado, mas revivido. Nota-se, pelos gestos das mãos buscando esconder o rosto, que ela se sente envergonhada com a peça que o destino lhe pregou:

> Foi de um dia para outro. (...) o não-católico, que não israelita, tinha a possibilidade de trazer mais dinheiro. Era mais simples para ele. E como eu era... como eu sou israelita, disseram para ele [o marido]: "pega tua mulher israelita e vai embora. Não pergunte nada e vá embora". Fomos praticamente enxotados do país, todos os europeus foram enxotados do país. É difícil para você entender isso, não? Você nunca ouviu? Eles nos enxotaram. Foi uma experiência realmente estranha e desagradável, porque eu nunca pensei que seria obrigada a partir. Para mim, o Egito era meu país.

S. pede uma pausa: a emoção e o choro convulsivo não lhe permitem continuar. Acha muito difícil falar sobre esse assunto. Alguns minutos depois retomamos a entrevista. Essa reação de S., assim como a de T. e R. em seus depoimentos, mostra bem todo o sofrimento e indignação com a partida forçada.

Os demais entrevistados sentem-se gratos e felizes no país que os acolheu. Nenhum fez menção de retornar ao Egito. Alguns até voltaram para rever seu paraíso perdido e ficaram muito decepcionados, reclamando da sujeira e do abandono das cidades, tanto de Alexandria quanto do Cairo. Outros preferiram guardar na memória as imagens do seu Egito do jeito que o deixaram, como uma bela e boa lembrança da juventude que não volta mais.

Para não constrangê-los, não preparei perguntas específicas. Após a primeira, que era sempre a mesma e em português — como foi a saída do Egito? —, deixava-os falar sobre seu passado e, aplicando a metodologia da história oral aliada a técnicas de entrevista, ouvia-os sem interrupção, fazendo por vezes alguns comentários para dar certo rumo à narrativa. Poucas vezes foi necessário intervir. O curioso é que todos pareciam entrar num transe, transportando-se ao mesmo tempo para outro país, para outra idade, para outras línguas, com cheiros e sons desterritorializados.

A realidade imediata estará o tempo todo organizando a busca de explicações para qualquer passado. Segundo Samuel e Thompson (1990), as diferentes maneiras de se contar uma história são tão importantes quanto seu conteúdo. Eis como *L.* narra, indignado, sua saída de Alexandria:

> Fomos obrigados a deixar o Egito logo após o armistício. Depois da guerra do Sinai, o governo egípcio decretou duas leis que [obrigavam] os ingleses, franceses e australianos a deixar o país, e os sionistas também. Eles começaram seqüestrando os bens, seqüestraram a maioria das fábricas de judeus, que eram considerados sionistas, e deram 15 dias para deixar seu país. Eu era egípcio, minha mulher é filha de franceses, e eles consideraram meu filho de seis anos como inimigo público nº 1! E lhe deram 15 dias. Então, era dia 12 de dezembro, fui ao governo pedir para que deixassem minha mulher ficar aqui. Mas não aceitaram; expulsaram minha mulher, expulsaram minha sogra e expulsaram meu filho. Eles tinham 15 dias para deixar o país. Fui

obrigado a deixar o país, não quiseram me dar um passe. (...) Dezembro de 1956. Eu pedi, implorei muito. Eles não aceitaram. Pedi ao cara: "escuta, eu tenho de voltar". "Você não pode sair". "Levo minha mulher, instalo eles e volto". "Por quê? Case com outra!" "Mas... e meu filho?" "Você terá outros filhos". Então fui obrigado a devolver meu passaporte e eles me deram um *laisser-passer*. "Você perde tudo que tem aqui". Paciência. Fui obrigado a sair. Deixei o país no dia 27 de dezembro. Quinze dias depois do aviso.

L. contou que, na verdade, escolheu o Brasil por ter sido o único país a conceder-lhe a tempo o visto de entrada. Fez o pedido no dia 24 de dezembro e obteve-o três dias depois. Pertencente a uma família tradicional, L. morreu em 2000, reclamando ainda de alguns hábitos cariocas que insistia em não incorporar. Passados mais de 40 anos, L. sentia ainda uma certa tristeza pela expulsão. Contou com orgulho como montara no Rio várias fábricas com os irmãos, mal falando português. Suas memórias se direcionam para o lado prático: fala de seus irmãos (10 ao todo) sempre tendo como pano de fundo a vida profissional. Lembra de detalhes dos contratos das fábricas que gerenciava no Egito, dos valores, de quanto gastou ao chegar ao Brasil.

O momento de ruptura, quando urge partir, é revivido de diferentes maneiras não só no depoimento dos entrevistados, mas também nos livros autobiográficos publicados na França, Canadá e EUA. Muitos anos depois da expulsão, alguns egípcios quiseram fazer de seus relatos um desabafo. A escritora francesa Minou Azoulai (2001:223) narra em seu romance a história de Marie, seu *alter ego*, que saiu de Alexandria aos oito anos e sentiu sua infância roubada pelos soldados que levaram preso seu pai, por ser judeu, numa noite do outono de 1956. Ela ouve os gritos da mãe, os passos rápidos do pai, no quarto, no banheiro, seguidos do ruído de botas: "Os soldados, devem ser três, gritam ordens em árabe. Silêncio e ódio misturados. A guerra entrou em nossa casa sem avisar: 'cuidado'".

A hora da partida é grave. Todos que passaram por isso guardam no fundo da garganta o gosto amargo da humilhação, da surpresa, da impotência e do medo. Esses sentimentos, de alguma forma, já foram elaborados — ou eles escreveram memórias, ou procuraram analistas, ou o tempo encarregou-se de explicar-lhes o que naquele momento era impossível perceber: o Egito tinha de voltar a ser dos árabes. Mas a dor da partida é bem definida por A., que em seu depoimento emprega o adjetivo "sagrado", excluindo o ressentimento e a mágoa. A expulsão assume aqui outra dimensão, uma saída imposta de cima, do alto. Ela tinha então 21 anos e fala em "decisão". De fato, não se colocava a decisão da partida, nem sequer do local escolhido. Era uma imposição que, em algum lugar de seu inconsciente, ela preferiu tomar como uma decisão familiar. As contradições, ou confusões, entre estrangeiros e judeus ficam evidentes no trecho seguinte:

> Você tá pedindo o momento, um dos mais sagrados da nossa vida, no sentido de que foi uma decisão que a gente teve que tomar bruscamente, sem saber onde começar, aonde ir, qual era o melhor, por que a gente devia sair. Nós podíamos até ficar, éramos judeus, quem tinha que sair realmente eram os franceses e ingleses e apátridas. Porque era, como suponho todo mundo deve lembrar, uma guerra que foi feita entre esses três países, Israel, França e Inglaterra, pelo canal de Suez. Mas meu pai disse: "faz muito tempo que a gente tem que sair pelo simples fato de ser judeu". Nunca fomos considerados egípcios ou árabes, somente os muçulmanos é que eram egípcios. Até o meu cunhado teve que comprar num certo momento a nacionalidade egípcia, ele até pagou 50 libras egípcias. Era muito dinheiro naquela época, e o coitado, quando nós saímos, saiu com nós. (...) ele teve que devolver o passaporte dele, a nacionalidade dele, que ele tinha comprado, ele tinha direito.

Assim como para a escritora Minou Azoulai, a experiência da guerra foi marcante para R., que morava em Mansura, pequena cidade perto do Cairo:

— A guerra estourou numa segunda-feira... porque foi em outubro, e meu aniversário era num fim de semana, então meus irmãos, que moravam no Cairo, tinham vindo a Mansura para festejar. E quando eu cheguei na escola ouvi um zum-zum-zum: era a guerra. (...) Eu lembro que teve *black-out*. Era a guerra. Por exemplo, eu soube que destruíram a estação de rádio no Cairo, que foi bombardeada. Fora os relatos dos que moravam perto de Suez, que vinham e contavam. Bom, eu sei que um mês depois a gente foi para o Cairo. Saí de casa para voltar, mas nunca mais voltei. Ficamos no Cairo, isso foi no final de outubro, provavelmente nós fomos em novembro e em dezembro já estávamos de saída para cá.
— Como assim? Como é que foi essa saída?
— Bom. Preparamos os passaportes e... Meu pai tinha um sócio muçulmano, ele era dono de uma drogaria e simplesmente não podia falar que ia viajar, era uma situação de guerra e podia ter represálias. Então, simplesmente foi tudo feito assim. No Cairo, a gente tinha nacionalidade italiana, menos meu pai, que era apátrida. Daí fizeram os passaportes, venderam os móveis e as coisas do apartamento do Cairo, e simplesmente pegamos um navio. Ainda foi num navio egípcio, porque tinha muitas filas, muita gente estava saindo, então não era fácil arranjar lugar num navio. Nós éramos seis pessoas... um dos meus irmãos já era casado... não, sete pessoas. Aí, bom, chegamos na Itália. A gente nem sabia o que esperava a gente...

Ao relatar o momento de sua saída, eles montam o quadro histórico que teimava em adentrar pelas suas vidas, namoros, casamentos, rotina. Não havia mais como planejar suas vidas, era um *turning point* em que perderam qualquer possibilidade de sonhar com seus planos. Estavam em suspenso. Todos. Elisabeth Moustaki (1996:229), romancista francesa, descreve os últimos meses antes do exílio de sua família e de seus amigos, os conflitos que tiveram de vivenciar, e somente nas últimas páginas revela a saída forçada, cada qual para um país diferente. O esfacelamento da turma:

> Acabou! A máquina está em marcha. Nada vai detê-la. Os egípcios querem se livrar de nós e conseguirão, mais cedo ou mais tarde. (...) De repente, cada um de nós tinha uma nacionalidade diferente que nos impulsionava para um destino aleatório ou específico. Era insensato. Só tínhamos em comum nossas lembranças. Nossas vidas se estiravam sobre estradas paralelas, disseminadas ao redor do globo terrestre. Os filhos de Alexandria eram estrangeiros uns para os outros. O acaso os havia reunido; um acaso os separava.

Em sua entrevista, B. relata a experiência kafkiana, por assim dizer, por que passou ao ser detida no Cairo em 1956, tendo saído da prisão diretamente para o estrangeiro. Tudo isso por causa de uma amiga de adolescência, Marcelle Ninio, de quem B. não tivera mais notícias, mas que se tornara uma ativista sionista. Em busca de pistas para prender a "terrorista", a polícia egípcia encontrou na agenda telefônica de Marcelle o número do telefone de B. Elas não se viam há muitos anos, mas mesmo assim B. foi parar num "campo de concentração", segundo suas palavras, por causa de um crime que não cometera.

> Eu era amiga de Marcelle Ninio, que fazia *boicotage* no Cairo e eu não sabia. Eu trabalhava na embaixada do Japão quando vieram me avisar: "tua amiga Marcelle foi presa". Era uma grande terrorista e pegou 25 anos de prisão. Hoje ela mora em Tel Aviv — há duas ruas com o nome dela. (...) Ficaram uns três meses atrás de mim. Foram na minha casa para ver se tinha algo. Fui

depor no Ministério do Interior. Não sabia nada dela. Era 1953. Casei dois anos depois. No dia 2 de novembro de 1956, quando a guerra "eclatou", a primeira presa fui eu.

B. chorou ao lembrar-se desse episódio, que há muitos anos não contava. Foi sua primeira lembrança quando perguntada sobre a saída do Egito:

A situação não estava boa para nós. Voltei para casa às 19h. O porteiro falou: "pegaram seu marido". Fiz minha mala e disse ao porteiro: "você vai comigo de táxi". Fui ao Ministério do Interior. Já conhecia as caras. Cadê meu marido? "Agora que você veio, ele vai embora". Era a pior prisão do mundo, era a Citadelle. Uma escravidão: 280 mulheres. Havia dois baldes; um de xixi e um de água. Fiquei sete dias. Depois me levaram num colégio israelita (...). Só mulheres. Sem visitas. Ficamos lá dois meses. Todo dia chamavam algumas mulheres — campo de concentração. Dia 3 de janeiro de 1957: soltaram quatro, cinco mulheres. As que eles chamavam eram francesas, inglesas e holandesas; os parentes pegavam e levavam diretamente para o avião. As apátridas iam de navio para Israel. No dia 4 de janeiro fui para o Ministério do Exterior e estava livre. Mas me ameaçaram: "se você fizer qualquer coisa...". Voltamos para casa. M. fez tudo para ir embora. Vendeu apartamento, móveis, a fábrica de chinelos. Saí em janeiro. Em fevereiro viajou minha irmã. Fui embora em março. Cheguei no Rio de Janeiro em abril de 1957, recebida por trovões.

B. é uma amiga de longa data de minha família. Sempre alegre, atravessando galhardamente qualquer crise, por mais penosa que fosse, de um otimismo a toda prova. O desabafo dela me surpreendeu. É evidente que, num longo período de convivência, sempre há momentos de pesar, nos quais se pode chorar, mas isso nunca ocorreu com B., sempre firme e impávida. Ela não costuma se abrir com o grupo; sempre ouvimos dizer que estivera presa, mas as circunstâncias nunca foram esclarecidas. Sua descrição do "campo de concentração", como ela se refere à prisão, a situação degradante representada por aqueles dois baldes que lhe serviam de banheiro, tudo isso está muito longe do conforto de sua casa com piscina no Rio. A decoração é original, com forte estilo oriental perceptível nas almofadas, nos vasos de cobre, nos quadros com temas do deserto ou religiosos.

Portelli (1997:25-27) chama a atenção para a subjetividade latente no trabalho de análise das entrevistas. Para interpretá-las é preciso estar ciente de que "a história oral trata de subjetividade, memória, discurso e diálogo", diz Portelli. E acrescenta: "aquilo que criamos é um texto dialógico de múltiplas vozes e múltiplas interpretações e as interpretações dos leitores".

Isso nos remete a outro estudioso da literatura, Mikhail Bakhtin, que destaca a noção dialógica no discurso. No caso da entrevista, o ouvinte também faz parte da construção final do discurso do narrador. Se o entrevistador for outro sujeito, o discurso produzido também será diferente em sua essência. Nesse espaço de construção conjunta, o pesquisador deve interagir por meio de sua interpretação, uma vez que participou da elaboração do tecido oral. Diz Bakhtin (1993:88):

> A orientação dialógica é naturalmente um fenômeno próprio a todo discurso. Trata-se da orientação natural de qualquer discurso vivo. Em todos os seus caminhos até o objeto, em todas as direções, o discurso se encontra com o discurso de outrem, e não pode deixar de participar com ele de uma interação viva e tensa.

O pai de C. relutou em acreditar que teria de sair de seu país. Afinal, sua família ali estava há cinco gerações. C. lembra dele com carinho — o pai resistiu quanto pôde, e sua família foi uma das últimas a sair do Egito:

Acredito que meu pai, no início, conservava sempre a esperança de que as coisas iriam melhorar. Você sabe, cinco gerações no Egito. É um pouco como o judeu alemão, que acreditava que não iria nos atingir. Meu pai havia combatido na I Guerra, e tudo isso. Penso que este era o raciocínio de meu pai: as coisas vão se ajeitar.

O impensável aconteceu nessa família egípcia tradicional. O pai lutara na guerra defendendo seu país, o Egito. Não era possível que fosse expulso. Esse senhor, segundo o relato da filha, sofreu muito para adaptar-se à nova situação no Brasil, pois já tinha 50 anos, o que não é uma boa idade para recomeçar a vida.

O pai de A. também chegou mais velho. Uma das tristezas de sua saída às pressas foi não ter podido despedir-se de seus amigos e colegas egípcios. Como encontrou na alfândega alguns conhecidos que lhe facilitaram a saída, pôde levar consigo até sua máquina de lavar roupa:

> No dia em que nós saímos de lá foi uma espécie de choque, meu pai não teve tempo de falar com eles por ser o diretor. Ele não teve tempo, não tínhamos direito de levar nada. Então, como ele tinha amizade tanto com os pequenos quanto os grandes, aquele que veio nos buscar disse: "leve o que quiser, eu vou lhe fazer passar", e meu pai pôde levar uma máquina de costura, uma máquina de lavar roupa, um refrigerador, uma porção de coisas. Infelizmente nós tivemos problemas, porque uma dessas caixas caiu no momento de subir a bordo, a caixa caiu e se espatifou. Meu cunhado tinha dois *pots de fleurs* [vasos de flores] magníficos, chineses, pertenciam aos pais deles; nós perdemos a máquina de lavar, se bem que meu pai conseguiu levar tudo, e quando chegamos no Brasil ele conseguiu consertar essa máquina.

Os detalhes sobre a quebra de vasos, cristais, máquinas etc. beiram o cômico: num momento grave, a atenção da jovem A.

estava concentrada na preservação de seus objetos; afinal, faziam parte do cenário de sua vida, e levá-los seria um modo de reconstruir imagens familiares num país totalmente desconhecido. Marcos, locais móveis de memória.

Os bons tempos no Egito

É curioso notar que a segunda geração não incorpora em seu discurso a dor dos pais. Não falaram em exílio, sendo-lhes transmitido apenas o lado onírico daquele país à beira do Mediterrâneo, do Nilo fértil, da vida alegre e esportiva. O tempo bom.
    De que Egito falamos? Esse Egito fica na África? A que Egito eles se referem? Parece-me que esse Egito atende à definição da palavra "utopia". Segundo os dicionários *Aurélio* e *Larousse*, o termo vem do grego *ou* (não) e *tópos* (lugar). Ou seja, um não-lugar. Os dicionários atribuem ao escritor inglês Thomas Morus (1480-1535) a criação de utopia como um país imaginário. Esse Egito de que se fala aqui não existe mais. Porém já existiu, e somente essas pessoas têm acesso a ele — e talvez ouvintes mais sensíveis que se dispõem a acompanhá-los nessa viagem. A melhor atitude de um entrevistador é ouvir atentamente para poder fruir esses momentos, essa oralidade transbordante de sensações, do cheiro das especiarias, das flores, dos doces.
    O cantor e compositor Georges Moustaki evoca, na letra de "Alexandrie", canção-saudade que escreveu para sua cidade natal, "meu canto de paraíso perdido (...) tão longe de Paris". Trabalhar com narrativas da memória, da saudade, de sabores que lembram lugares, cidades ou situações, nos remete ao escritor Marcel Proust. *Em busca do tempo perdido* é um magnífico exercício de memória de um passado narrado num estilo saboroso, desde a infância até a vida adulta. No romance *No caminho de Swann* — mais especificamente na primeira parte, *Combray*, na qual o autor narra sua infância —, é a memória deflagrada pelo gosto de um bolinho

de forma ovalada, a *madeleine*, que o transporta para a cidadezinha na qual passava as férias. Proust cultivava a solidão, seu mundo privado, intimidade que revela em seus livros, como a ansiedade pelo momento em que, à noite, receberia o beijo de sua mãe antes de dormir. O mergulho em suas recordações exigia um exercício de concentração, um estado meditativo no qual chegariam as imagens resgatadas do passado. A vontade de reavivar bons momentos passados:

> Chegará até a superfície de minha clara consciência essa recordação, esse instante antigo que a atração de um instante idêntico veio de tão longe solicitar, remover, levantar no mais profundo de mim mesmo? (...) Dez vezes tenho de recomeçar, inclinar-me em sua busca. (...) E de súbito a lembrança me apareceu.[42]

A água é uma das marcas da memória de alegrias no Egito. Tanto o Nilo quanto o Mediterrâneo. Para a maioria dos entrevistados, os bons tempos têm a ver com a vida confortável, a sensação de proteção e carinho dos pais. Além disso, eles ainda eram jovens, o que eleva o Egito à condição de lugar privilegiado em suas vidas, quando tudo era possível, as fantasias, as aventuras, os namoros, as turmas de amigos, os esportes. A pergunta "como era a vida no Egito?" levou cada um deles a encontrar seu caminho de Swann.

R. saiu aos 14 anos do Egito, e a casa de verão foi para ela a primeira recordação do Egito:

> Era uma vida confortável, tenho lembranças fantásticas, por exemplo, dos verões que a gente passava. Passávamos três meses numa cidade que só existia no verão. Ras-el-Dar, no Mediter-

---
[42] Proust, 1981a:46.

râneo, é uma cidade assim, que só existe no verão. As casas. É uma cidade de areia, toda, tem pouca coisa asfaltada. Não sei como é que está hoje em dia, mas na época era assim. (...) As construções eram assim: o chão da casa era normal, digamos, mas as paredes e o teto eram de palha. Então, no inverno, (...) era uma cidade vazia, que só tinha vida no verão. (...) A gente alugava uma casa para o verão e passava dois ou três meses lá. E essa cidade fica à beira do Nilo, no lugar em que ele desemboca no mar, fica no Delta. Então, durante um mês, a água do Nilo era salgada. (...) Durante um mês, porque depois disso vinha a... como é que se chama? *La*..., a enchente, enfim, uma água... Até hoje ainda me faltam às vezes as palavra em português. (...) Mas, então, a gente ia num barco à vela, e era assim uma espécie de praia na beira do Nilo. (...) Eram as férias, não tinha chuva.

O Egito também faz *T.* reportar-se à infância:

Eu tava me lembrando do Egito e tava me lembrando da minha infância. Acho que... é um lugar, que tem um lugar que é da espacialidade, a casa da minha avó, a casa do meu pai, onde eu morava, a casa dos meus tios, que cada um vive um lugar, um jardim. Por exemplo, o jardim é o jardim Antoniades, que era a casa do rei, e todos os dias de manhã minha mãe... a gente tinha um carrinho, eu e meu irmão, e eu ia sentada no carrinho, e meu irmão ia em pé pendurado no carrinho, e ela empurrava a gente. E a gente passava as manhãs todas no jardim do rei, que é um lugar maravilhoso. E ela costumava fazer o seguinte: ela pegava assim um vidro e enchia de uvas (...) e a gente comia uvas no jardim do rei. Tinha uma piscina (...) assim rasa, não era uma piscina, era um fio de água, cheio de sapos, aqueles sapinhos. Eu passei minha infância no rio, era lindo... A gente tinha uma casa em frente.
Então, Alexandria, nesse momento histórico, era um lugar particular no mundo, não sei se você sabe, mas Alexandria (...) na

> década de 30 (...) competiu pra ser centro das Olimpíadas, para que as Olimpíadas acontecessem em Alexandria. Isso expressa o vigor da cidade naquele momento histórico, quer dizer, era uma cidade muito importante no mundo. Ali era onde aconteciam em primeira mão os grandes eventos culturais, saíam de Paris e iam pra Alexandria. Então, (...) era um dos lugares importantes tanto economicamente quanto culturalmente no mundo. Ela fazia essa fronteira entre o Oriente e o Ocidente.

Esse lugar de passagem, ponte entre a Ásia e o Ocidente, tem importância histórica e política em diversas épocas. O historiador francês Robert Ilbert (1992) enaltece o poder mágico da cidade:

> Do mar ao prazer, dos negócios aos embates políticos, Alexandria nos fala de um Mediterrâneo onde tudo era possível, onde as fronteiras contavam pouco, onde os deslocamentos eram livres. Eis o que explica o fato de o mito alexandrino ser tão presente: ele não nos fala do Egito, ele nos fala de uma outra face de nosso próprio mundo, outra face elaborada (pela graça da escrita) numa cidade quase ideal. Desse mundo reconstruído pelos poetas, a memória dos moradores foi, aos poucos (às vezes a contragosto), impregnada. Se Alexandria ocupa um lugar essencial na memória do nosso tempo é porque foi um dos últimos lugares onde se pôde conjugar o desabrochar individual, o liberalismo e os antigos elos comunitários. Memória de nosso tempo, pois está profundamente presa às raízes e totalmente imersa no presente. (...) Alexandria não foi um Éden: não foi somente a cidade das trocas tolerantes que as lembranças muitas vezes privilegiam.

Mesmo não sendo um paraíso de fachada, o Egito, como nos mostra C. R., é a representação da juventude, o que se traduz na alegria com que recorda seu país. Em seu relato, ele começa falando em português e passa para o francês, sem constrangimento:

Meus pais viviam muito bem no Egito, tínhamos uma vida magnífica. Tínhamos um serviçal que fazia a maior parte dos trabalhos mais pesados, tínhamos babás, tínhamos uma cozinheira síria. E minha mãe só cuidava da cozinha quando queria. Ela fazia pratos maravilhosos. Então, tínhamos uma vida muito agradável. (...) Minha vida no Egito era muito agradável porque eu era solteiro, jovem, 18, 19, 20 anos. Eram festas, grupos de amigos, praia... Abusei tanto da praia que o sol me fez mal, eis o resultado. Tinha todos meus amigos do colégio.... Você entende?

Entende-se, é claro, que essa vida era agradável. A repetição desse adjetivo reforça a idéia, tão clara para ele, dos momentos passados ao sol, apesar das manchas pré-cancerosas em sua pele. Esses bons tempos fazem o único entrevistado que guarda certo ressentimento por ter sido banido de sua pátria lembrar-se dela com saudade. Eram os tempos da família reunida, todos os irmãos, os pais, os tios. É, pois, do sentimento da saudade que se está falando. O território do onírico, o país do sonho, o momento ideal, uma experiência que os homens guardam — muitas vezes bem escondida — em algum lugar íntimo e especial. O escritor português Eduardo Lourenço (1999:15) fala desse sentimento: "sob outros nomes ou sem nomes, a saudade é universal, não apenas como desejo de eternidade, mas como sensação e sentimentos vividos na eternidade. Ela brilha sozinha no coração de todas as ausências".

A saudade da juventude e da liberdade é a tônica de B. quando se refere ao "seu" Egito. Ela gostava de sair com rapazes no Cairo e tinha liberdade para isso, o que não era comum naquele canto do mundo nos anos de 1950. Diz que conseguia divertir-se, sem ter problemas com os pais:

Eu, no Egito, me sentia muito bem. Naquela época (...) os pais não deixavam a mulher sair, menina que saía era... Não podia. Então, eu era uma moça que saía muito. (...) Toda noite minha mãe se queixava de mim. Porque eu tinha um amigo que trabalhava no jornal *La bourse égyptienne* (...) e então eu acompanhava ele a todos os lugares. Ele foi casado três vezes, e eu ia ser a quarta, mas não casei não [risos]. Gastão Casper, repórter esportivo, e eu·era muito badalada, olha (...) eu ganhava muito bem, então a roupa que eu botava era uma roupa muito cara, maquiagem, eu saía muito. Eu me sentia muito bem.

B. procura sempre enfatizar que era feliz e liberada, mostrando que era possível haver esse tipo de comportamento num país oriental, aberto ao Ocidente. Talvez não fosse a regra em todas as famílias, mas havia uma mentalidade aberta ao novo. Estando hoje aposentada, B. prefere remontar-se a esses bons tempos para falar de sua vida no Egito, quando trabalhava e podia desfrutar dessa "independência" social.

Por sua vez, para A. o sentimento de proteção é fundamental e a remete a seu pai, que começara a trabalhar aos 11 anos para sustentar a mãe viúva e as irmãs.

Lá no Egito nós éramos superprotegidos pelo meu pai, que tinha um emprego que dava a ele contato com as maiores cabeças de Alexandria (...) Ele era diretor de uma loja onde se vendia um pouco de tudo e ele tinha contato com esse pessoal. Meu pai era um grande sujeito, sou superorgulhosa dele (...) as pessoas ficavam admiradas com ele. De tanto que fazia amizades, praticamente três vezes na semana tinha gente em casa jogando pôquer, jogando canastra...

A figura do pai é igualmente evocada por Ecléa Bosi (1994:427) ao falar da construção da imagem de nossos parentes:

A imagem de nossos pais caminha conosco através da vida. Podemos escolher dele uma fisionomia e conservá-la no decurso do tempo. Ela empalidece se não for revivida por conversas, fotos, leitura de cartas, depoimentos de tios e avós, dos livros que lia, dos amigos que freqüentava, de seu meio profissional, dos fatos históricos que viveu... Tudo isso nos ajuda a constituir sua figura. (...) Vejo que sua figura não cessa de evoluir: ela caminha ao meu lado e se transforma comigo. Traços novos afloram, outros se apagam conforme as condições da vida presente, dos julgamentos que somos capazes de fazer sobre seu tempo. Nos velhos retratos, o impacto da figura viva vai-se apagando, ou vai sendo avivada, retocada.

A CHEGADA AOS TRÓPICOS: PRIMEIRAS IMPRESSÕES DO RIO DE JANEIRO

O Rio de Janeiro já era lindo em 1956. Era a época do presidente Juscelino Kubitschek, os anos JK, período pós-guerra, quando a economia mundial prosperava e o Brasil também. Eram anos de otimismo, a vida urbana crescia, as cidades exibiam novos contornos arquitetônicos, e uma nova capital para o Brasil estava sendo construída. Segundo Fausto (2001), "os 50 anos em cinco da propaganda oficial repercutiram em amplas camadas da população". A televisão já entrava nas casas da classe média com programas e anúncios, dando o pontapé inicial para a sociedade de consumo de massa, esquentando as turbinas para alimentar a indústria cultural:

> A consolidação da chamada sociedade de massa no Brasil trouxe consigo a expansão dos meios de comunicação, tanto no que se refere ao lazer quanto à informação, muito embora seu raio de ação ainda fosse local. O rádio cresceu no início dos anos 50, quando houve um aumento da publicidade. As populares radionovelas, por exemplo, tinham como complemento propagandas de produtos de limpeza e toalete. Na televisão, a publicidade não se limitava a vender produtos, e as próprias empresas eram produtoras dos programas que patrocinavam. Houve um aumento

da tiragem dos jornais e revistas, e popularizaram-se as fotonovelas, lançadas no início da década. O cinema e o teatro também participaram desse processo, tanto do lado das produções de caráter popular quanto das produções mais sofisticadas. No caso do cinema, as populares chanchadas, comédias musicais produzidas pela Atlântida, empresa criada nos anos 40, tiveram seu auge nos anos 50, e seus atores foram consagrados pelo público. O teatro de revista, que também misturava humor e música, fazia bastante sucesso.[43]

Eram anos marcantes. Fausto (2001:238) diz que, "na memória coletiva, os cinco anos do governo Juscelino são lembrados como um período de otimismo associado a grandes realizações". Mas acrescenta que

> nem tudo eram flores no período de Juscelino. Os problemas maiores se concentraram nas áreas interligadas do comércio exterior e das finanças do governo. Os gastos governamentais para sustentar o programa de industrialização, a construção de Brasília e um sério declínio dos termos de intercâmbio com o exterior resultaram em crescentes déficits do orçamento federal.

O Rio de Janeiro vivia uma época de efervescência social. O jornalista Joaquim Ferreira dos Santos (1998:42) descreve uma cidade borbulhante, alegre, com uma população de 3,5 milhões de pessoas, das quais 300 mil eram estrangeiras:

> Enfim, uma cidade cercada de bailes por todos os lados. Dançava-se — infeliz de quem não — e a expressão ainda carregava um só sentido. O do bem. Nunca se dançou tanto, dos bailes de gala do Itamarati, na Marechal Floriano, no Centro, ao bar-navio

---

[43] Kornis, s.d.

Corsário, no deserto da Barra. A boate Black Horse, no posto 2 de Copacabana, inventava um novo jeito de baile tocando música em volume altíssimo para os dançarinos. Era "a geração mustafá", apelido inventado por Ibrahim Sued. Canções francesas embalavam os casais. As garotas, liberais. Os rapazes, de família. O clima, descontraído, sem a pompa dos bailes de formatura. O Black Horse dava o primeiro passo para tirar as festinhas de dentro das casas.

Os anos de gargalhada abriram espaço para a consagração da música popular brasileira, a Bossa Nova de Antônio Carlos Jobim, a voz nasalada de João Gilberto. Eram anos de se ler os irmãos Campos, a poesia concreta, João Cabral de Mello Neto, Guimarães Rosa, Fernando Sabino, Rubem Braga. Nélson Pereira dos Santos e Glauber Rocha começavam a trilhar uma nova estética cinematográfica, o Cinema Novo, inspirado no neo-realismo italiano de Vittorio de Sica e Roberto Rosselini.

Foi nesse cenário tropical que os primeiros exilados desembarcaram no porto da praça Mauá, no Centro do Rio, no verão de 1956. Um calor úmido, abafado, bem diferente da brisa fresca do Mediterrâneo que os embalara.

É na cidade que o imigrante se instala. Nela é que surgem as oportunidades. Segundo Bhabha (2001:237) "é para a cidade que os migrantes, as minorias e os viajantes da diaspóra vêm para mudar a história da nação. E acrescenta: "é a cidade que oferece o espaço no qual identificações emergentes e novos movimentos sociais do povo são encenados".

Nos depoimentos dos entrevistados não vamos encontrar a imagem romântica da chegada a um novo país. Fala-se principalmente do papel desempenhado pela Hebrew Immigrant Aid Society (Hias), organização judaica que lhes arranjou acomodação em hotéis no Centro do Rio de Janeiro ou em Copacabana.

O relato de R., então uma menina de 14 anos, mostra a sua estranheza diante daquele novo cenário, ainda mais em pleno carnaval:

— Agora, a chegada aqui é que realmente... para mim, pelo menos eu guardo a impressão assim como se fosse hoje.
— Por quê?
— Bom, chegamos no mês de janeiro, um calor miserável... No Egito faz calor, mas não é o mesmo calor, lá é seco, aqui é a umidade, né? Depois, esses morros todos, um céu cinzento em pleno verão, que é uma coisa que eu nunca tinha visto, chuva no verão... Era uma coisa assim bastante opressiva, meio sufocante. Claro, não é só a cidade, são as circunstâncias [pausa]. É uma barra pesada. E os morros... eu nunca tinha visto essas coisas imensas, os prédios enormes. E engraçado, porque a gente chegou pouco antes do carnaval. Então, era uma coisa muito estranha, essa música, essa batucada, essas pessoas dançando na rua, homens fantasiados de mulheres, de bebês... Não que eu não entendesse, mas era assim uma coisa muito — como eu vou te dizer? — como que fragmentada. Era muito estímulo, muita novidade, muita coisa diferente, difícil de juntar...

B. também não se esquece do dia de sua chegada à praça Mauá, para ela um símbolo do abandono: "eu fui recebida por ninguém, só por trovões...".

Seria esse, para eles, o momento de enfim se darem conta de que eram exilados? De que não se tratava de uma viagem de turismo, negócios ou visita à família? O exílio, por assim dizer, estava se concretizando naquele momento da chegada. Tudo começara no momento da expulsão, mas foi no desembarque do navio que eles tiveram de tomar decisões definitivas e perceberam que a saída não teria volta.

Para outros, o exílio pode ter começado antes, quando o governo ordenou que partissem, ou quando decidiram deixar seu país, que não os queria mais. Tudo que R. descreve poderia ser lindo, como as montanhas, uma novidade para seus olhos habituados às areias do deserto ou das praias mediterrâneas. No entanto, ela deixa claro o seu desalento — um céu cinzento, inverno dentro de suas jovens pupilas. Para nós é difícil entender a sua tristeza em pleno carnaval. A umidade na pele. Como lágrimas que percorrem o corpo nesse país quente e tropical. O sentimento que pode talvez traduzir essa chegada ao destino é o espanto. Tudo lhes pareceu estranho: o carnaval, a paisagem e até o idioma, que A. nunca ouvira:

> Quando nós chegamos, eu me lembro, eu tinha 21 anos, e uma pessoa começou a falar comigo; eu abri os olhos e disse: "meu Deus, quando ele vai parar a palavra dele?". Do momento em que ele falou até a última frase, eu tive a impressão de que era uma palavra só, não conseguia entender, não era questão de entender, de separar palavra por palavra, pra mim era uma palavra só, unicamente. O pior é que eu tinha esse tio que tava lá, o meu árabe não era dos melhores, o cara só falava português, a única pessoa que podia se entender com ele era a minha mãe, ou o meu pai.

A. riu após contar o episódio, abrindo os olhos como fizera na chegada. Como não tiveram tempo para preparar sua saída, aqui chegaram sem nada saber a respeito do Brasil. Seu irmão mais velho, médico, sentiu então que era chegada a hora de deixar o Egito e veio para cá sem quaisquer referências sobre o país, sabendo apenas que alguns amigos também tinham vindo. A. lembra que a primeira palavra que ouviu em português foi ainda no Egito, enquanto preparavam os papéis para a saída:

> Aliás, eu acho que a primeira palavra que eu aprendi em português foi "chamada", porque era uma formalidade da época. Você tinha que ter alguém daqui do Brasil — não sei se você sabe disso —, alguém daqui do Brasil tinha que fazer a tal da "chamada". Quer dizer, eu acredito que fosse assim: se responsabilizar ou, sei lá, dar alguma garantia. Não sei direito te dizer o que é, mas existia a tal da chamada. E eu acho que na época em que viemos

não era mais preciso, porque o Juscelino abriu as portas mesmo. Não sei se você encontrou isso, mas o Juscelino era médico, é claro que isso se explica, quer dizer, meu irmão tinha o Juscelino assim como... sei lá, eu não diria um ídolo, seria exagerado, mas uma referência muito forte.

Hall (1991:40) lembra que a língua é um sistema social, e não individual: "falar uma língua não significa apenas expressar nossos pensamentos mais íntimos e originais; significa também ativar a imensa gama de significados que já estão embutidos em nossa língua e em nossos sistemas culturais".
C. lembra do cais da praça 15 e do primeiro dia em que andou pelas ruas do bairro do Flamengo:

> A Hias nos buscou, nos receberam e nos reservaram hotel na praia do Flamengo. Havia uma senhora da Hias que se chamava Yvette Cury... que meu pai conhecia do Egito, não sei de que maneira, pelos negócios, acho. Ela foi muito boazinha, ela foi bem... E a mim ela perguntou, é algo que nunca esquecerei: "você tem uma profissão?" Eu disse que sim, pois no Egito trabalhei primeiro no escritório do meu pai, depois num escritório de seguros, havia feito um curso de comércio. Eu disse: "sim, sou secretária bilíngue, francês-inglês". Então ela me disse: "me procure na Hias amanhã, pois tenho emprego para você". Cheguei numa segunda-feira, nos instalaram nesse hotel na praia do Flamengo. Era dia de feira, e a rua estava imunda. (...) Você sabe como tudo fica após uma feira. Meu pai disse: "É assim? Vamos morar nessa rua? Quero voltar imediatamente, não posso ficar". Meus pais estavam transtornados.

Esse momento da chegada também ficou impresso na memória de T. e é por ele revivido toda vez que passa pela praça Mauá:

Aí nós chegamos, eu me lembro, à noite, na baía da Guanabara, nessa cidade maravilhosa. No dia seguinte, essa cidade maravilhosa. O porto é um lugar muito importante nos processos de migração. Porque as imagens constituem os processos. Eu tenho a imagem da saída do porto lá no Egito, eu tenho a imagem da chegada no porto no Brasil. Eu me lembro, eu parei na porta, aqui no porto do Rio de Janeiro, olhei pra cidade e disse assim: eu vou viver aqui, como é que vai ser a minha vida nessa cidade? Toda vez que eu passo pelo porto eu me lembro desse momento, que é uma chegada. É uma nova porta que se abre e é um novo viver. É um novo estar, é uma nova condição no mundo.

Para C., parece que esse episódio aconteceu ainda há pouco, e não há 46 anos. Como esquecer o primeiro contato com o novo país, o primeiro dia do resto de sua vida? E o apoio de uma senhora que ela nunca vira? A Hebrew Immigrant Aid Society (Hias) tem comitês espalhados pelo mundo para ajudar judeus imigrantes ou exilados a se instalarem nos novos países. O advogado Joseph Eskenazi Pernidji foi vice-presidente do Comitê da Hias para os refugiados egípcios no Brasil. O presidente do comitê era Albagli, falecido em 1957. Pernidji, que assumiu a presidência após a morte de seu colega, lembra-se perfeitamente da chegada do grupo de judeus egípcios. O representante da Hias no Brasil, Israel Jacobson, estava muito preocupado com a lentidão dos trâmites para liberar os vistos de entrada para os judeus do Egito, e foi Albagli quem tratou do caso junto ao Itamarati:

> Ele foi ao governo federal, era amigo de Sarah Kubitschek. O Itamarati ainda tinha ares anti-semitas. Hoje estou convencido de que, como mulher e esposa do presidente, dona Sarah exerceu um grande papel no sentido de apressar os vistos. Tratava-se de uma imigração de alta qualidade. Gente que, além de ter curso superior ou educação de 2º grau, era poliglota; havia profissio-

nais especializados em diversos ramos, principalmente na área bancária e de importação e exportação.[44]

Segundo Pernidji, que já lidara com várias levas de imigrantes, aquela havia sido a de "mais fácil assimilação, e eles arranjaram emprego muito rapidamente". A Hias concedia empréstimos aos refugiados, algo em torno de US$ 500 e US$ 1 mil. O imigrante preenchia um cadastro, era entrevistado, e os voluntários da Hias faziam um relatório sobre a situação de cada um deles para depois distribuir os empréstimos. Diz Pernidji:

> Entrei em contato com dramas humanos, traumas *desse* tamanho: os casamentos se complicavam, as mulheres reclamavam dos maridos que não trabalhavam. Uns montaram fábricas, outros abriram negócios e progrediram numa espantosa velocidade. Devolveram os empréstimos, como ponto de honra, num espaço curto de tempo. Encontro-os hoje nas festas, pois estão em excelentes condições, mas sei que represento uma lembrança de momentos terríveis que eles preferem esquecer.

A entrada dos judeus do Egito foi garantida pela Hias, sem ônus para o governo brasileiro, segundo Pernidji. A pesquisadora Ruth Leftel (1997), que fez um minucioso levantamento sobre a imigração de judeus para o Brasil, comenta:

> Em setembro de 1956, o então presidente Juscelino Kubitschek interveio pessoalmente, a pedido da United Hias Service, no Instituto Nacional de Imigração e Colonização (Inic), para que este autorizasse a imigração de mil famílias da África do Norte, principalmente do Marrocos. Como conseqüência da guerra do Sinai, para os judeus egípcios (...) a Hias, por intermédio de seu

---

[44] Entrevista com Joseph Eskenazi Pernidji, maio de 2001.

presidente, Carlos Israel, e do chefe da sua missão, Israel Gainor Jacobson, intercedeu junto ao governo marroquino, com o auxílio do embaixador da Espanha no Marrocos, para que este permitisse transferir a cota dos judeus marroquinos para os judeus do Egito. Fernando de Alencar foi nomeado presidente do Inic, abriu as portas e facilitou a vinda dos judeus do Egito para o Brasil. Houve ajuda de Israel Klabin e Augusto Frederico Schmidt. Puderam imigrar aproximadamente 15 mil pessoas.

Nos arquivos do Itamarati, na pasta referente à embaixada brasileira no Cairo, foi possível consultar as cartas de chamada e os certificados de boa saúde dos judeus. Ainda Segundo Leftel:

> A embaixada brasileira no Cairo tinha a instrução de não limitar o número de vistos, porém de emiti-los ordenadamente, para que houvesse infra-estrutura para recebê-los. A única exigência do governo brasileiro era a apresentação de um atestado de saúde e outro de idoneidade moral, sendo neste último importante constar não ter sido o imigrante comunista. (...) Todos os imigrantes receberam visto permanente, o que pudemos verificar no artigo 9º do Decreto-lei 7.967/45, que consta em todos os vistos. A maioria destes imigrantes eram apátridas (aproximadamente 60%).

T. se recorda da parte burocrática de sua vinda para o Brasil. Ao sair do Egito, sua família preferiu ir para o Panamá, mas o pai não se adaptou àquele país, onde também há um canal. T. também se lembra, como R., das chamadas e do presidente brasileiro, então transformado em herói pelo grupo, que dele obteve apoio para refazer suas vidas.

> E o Brasil apareceu então como uma opção importante. Por quê? Porque tinha um amigo (...) não era só um amigo, não, eram

muitas pessoas que moravam no mesmo prédio no Egito que tinham vindo pro Brasil. Acho que eram três ou quatro famílias que tinham migrado pro Brasil e que então estavam instaladas aqui. Meu pai começou a escrever, e esse amigo então fez a nossa chamada. E nesse momento histórico o Juscelino abriu as portas para a imigração dos judeus egípcios. (...) Teve uma ocasião em que esse homem [sr. Menasce] veio falar com Juscelino Kubitschek, pra pedir pra ele a abertura da imigração pros judeus egípcios. (...) Ele então conseguiu que o Juscelino se sensibilizasse com a nossa condição e que permitisse a vinda desse grupo (...).

Entre os entrevistados, apenas T. se refere em algum momento à condição de exilado. A maioria silencia ou esquece, ou nunca se conscientizou disso inteiramente. Abdelmalek Sayad (1998:75) fala da necessidade de moradia do imigrante:

> A habitação do imigrante só pode ser o que o imigrante é: uma habitação excepcional, como é "excepcional" a presença do imigrante; uma habitação de emergência para uma situação de emergência; uma habitação provisória — duplamente provisória, porque os ocupantes só a habitam provisoriamente, e porque ela mesma constitui uma resposta para uma situação pensada para ser provisória para um residente provisório, pois é sempre assim que se imagina o imigrante.

Após uma breve estada em hotéis da Mem de Sá, no Centro da cidade, a maioria dos judeus do Egito concentrou-se no bairro de Copacabana, onde fundaram uma sinagoga, na rua Santa Clara, vindo depois a se incorporarem ao Centro Israelita Brasileiro, na rua Barata Ribeiro, o qual funciona até hoje agregando outras correntes do judaísmo. A família de C. ficaria ainda um longo tempo morando num hotel no Flamengo. Foi quando C. percebeu que enfrentaria dificuldades até então desconhecidas para ela:

Bom, agora começaram as dificuldades, porque até então tudo se passou bem, tudo se passou tranqüilamente, vivemos bem, conseguimos o visto facilmente e tudo. Então aqui começamos, meus pais, com a dificuldade da língua. E então (...) meu pai, que já havia obtido sucesso na vida, confrontou-se com a realidade. Nos instalamos como pudemos, os quatro, num grande quarto de hotel na praia do Flamengo. Então, no dia seguinte [à chegada], meu pai e eu fomos até a Hias, (...) preenchemos todas as formalidades, e tudo porque a Hias tinha uma vaga na escola para minha irmã. (...) digo a todo mundo: "em três dias arranjei um emprego, era uma época abençoada, não havia desemprego, ao contrário, as ofertas de emprego choviam nos jornais, bastava ser qualificado". Eu tinha 19 anos, tive a sorte de trabalhar no Egito e tinha um pouco de experiência. (...) Me virei como secretária, mas não podia falar ao telefone. Se eu respondia ao telefone, a primeira coisa que eu dizia era: "fale devagar".

A preocupação com o trabalho é uma constante nesses relatos. Homens e mulheres falam da importância de arranjar um emprego, tanto para sua sobrevivência quanto para sua adaptação ao novo país. Sayad (1998:7) comenta:

> Mais do que qualquer outra circunstância, trabalho e habitação estão, no caso dos trabalhadores imigrantes, numa estreita relação de mútua dependência. Constituem não só as duas dimensões que estruturam toda a sua existência (...) porém, mais do que isso, os dois elementos que definem o *status* do imigrante: o imigrante só tem "existência" (oficial) na medida em que possui uma habitação e um empregador.

A. gastou muitas solas de sapato caminhando pela cidade para evitar gastar dinheiro com passagens de ônibus. O trabalho para ela era vital, pois precisava ajudar sua família a sobreviver nesse início penoso:

> E tive muita sorte, eu encontrei um emprego depois de três meses. Eu tinha achado um emprego antes, mas todo mundo dizia: "ah, mas como você fala francês não precisa trabalhar por um salário mínimo". (...) finalmente eu achei um emprego num laboratório francês, a língua que eu conhecia melhor, eu falava "eu querer, eu subir", ainda tava falando assim. Quando eu entrei nesse laboratório, eu tive amigos muito gentis, era lá na Zona Norte, uma vida extremamente dura.

Alguns entrevistados relembram suas dificuldades com o novo idioma, os pequenos mal-entendidos. *C*., que veio para o Brasil num navio espanhol, ouvia os oficiais e marinheiros cumprimentarem os passageiros dizendo-lhes: "*buenas, buenas*". Logo, o cumprimento em português seria "boa, boa"...

> Quando descia do meu bonde, eu tinha de atravessar o jardim do Passeio; lá tem um ponto final de ônibus, então os motoristas de ônibus ficavam todos lá, eu passava e eles diziam: "boa". Eu achava que eles me diziam "boa tarde" ou "bom dia" e respondia: "boa". E ia para o escritório e trabalhava, e nos primeiros dias (...) era muito penoso. No início, cada vez que eu abria a boca eu via sorrisos, as pessoas riam do meu jeito de falar, mas ao cabo de algumas semanas eu disse para eles: "as pessoas aqui são muito bem-educadas". "Você acha?", eles perguntaram. "Sim, os motoristas de ônibus aqui diariamente me dizem bom-dia". "Eles te dizem bom dia? Estou surpreso, o que que eles dizem?" "Eles me dizem 'boa'". Foi aí que ele me explicou que eles brincavam comigo, né? Bem, aí todo mundo riu muito no departamento. Depois disso, eu dava a volta no jardim para não passar na frente dos motoristas de ônibus. E acabou ficando como uma anedota na minha família.

Outra que passou por situações de constrangimento com a língua portuguesa foi *A*.:

Chegamos ao Rio no dia 6 de abril de 1957. Minha prima me disse: "vem, vem". Hoje eu sei que ela tava dizendo "vem, vamos comer sorvete". Mas eu vi na parede o negócio em que estava marcado o que a gente ia comer, e a única palavra que eu conseguia entender era "coco". Aí eu disse: "*je veux du coco*", e todo mundo ficou olhando pra mim: não era 'cocô', era "coco". E a minha prima tava dizendo: "não tem problema, ela acaba de chegar no Brasil hoje, faz três horas que ela tá aqui (...) e a única palavra que ela entendeu foi "coco", e todo mundo começou a rir, e eu achando que tinha feito uma graça, mas foi mais tarde que eu entendi que eu estava falando de coisas que não se fala em ambiente público, mas eu levei um certo tempinho."

Os relatos são sempre surpreendentes para um entrevistador empenhado em escutar e deixar-se envolver pelas histórias de vida e memória. A partir daí, as relações entre o que é escutado e o que é dito fazem parte da dimensão da subjetividade dos interlocutores. A noção da verdade não está em jogo nesse contexto. O que se pretende analisar — fazendo as diversas ilações possíveis — é como o indivíduo vai construir sua identidade e transmitir suas memórias para nós e seus familiares.

Exílio, trauma e silêncio

Esses trechos das narrativas foram por mim selecionados atendendo à escolha subjetiva que me é inerente. A exposição, pelos entrevistados, de suas fragilidades num momento delicado de suas vidas parece prestar-se muito bem a esse tipo de análise de narrativas e acaba atendendo aos objetivos da história oral. Além disso, a curiosidade do pesquisador vai ficando saciada à medida que ele colhe elementos para montar um pequeno cenário da situação por eles vivenciada.

A partir dessas escolhas é possível compreender as estratégias de defesa adotadas pelos entrevistados — no mais das vezes inconscientemente — para minimizar momentos decisivos e traumáticos, quando tiveram de reconstruir suas vidas numa nova terra, com hábitos e costumes muito diferentes dos de seu país de origem. Talvez possamos dizer que as *side-stories* de suas vidas — os pequenos "causos" ou anedotas que se incorporaram ao repertório familiar — servem aqui para silenciar algo que para eles era inaceitável: a condição de exilados. Refugiado político não parece ser uma classificação adequada para esse grupo. Somente um dos entrevistados, *T.*, que tem formação acadêmica na área de ciências sociais, não se sentiu constrangido em usar — duas vezes apenas — a palavra exílio em seu depoimento.

O judeu egípcio Jacques Hassoun, falecido em 1999, saiu de seu país para a França, pois tinha nacionalidade francesa, e lá se tornou psicanalista, atendendo em seu consultório muitos pacientes que não conseguiam refazer-se do trauma da partida. Falando, numa entrevista, sobre escritores judeus do Egito, Hassoun (2001:184) tenta defini-los:

> Seria escritor judeu do Egito aquele que, de uma maneira ou de outra, procura metabolizar pela escrita sua separação do Egito, seu exílio, esse rompimento dilacerante que representou a saída do Egito, e que busca sair ao mesmo tempo da nostalgia ou do sofrimento ou da denegação pela escrita.

Tal definição poderia aplicar-se igualmente aos demais exilados: mesmo não sendo escritores, eles também contam suas histórias, pelo menos a seus filhos. Aqui talvez caiba um depoimento pessoal, pois, apesar de ter nascido em Alexandria, eu tinha apenas três meses de vida quando vim para o Brasil com minha família. Para conhecer minha história eu dependia dos relatos de meus pais, avós, tios e amigos que vieram na mesma época. Não me lembro que algum deles tenha jamais falado em exílio. Sempre soube que a saída fora causada pela decisão de Nasser de não querer mais estrangeiros em seu país, tampouco judeus. Sobre a expulsão não se falava. Éramos imigrantes, e não refugiados ou exilados. Entramos no país oficialmente, não éramos clandestinos. Escrevendo agora, me dou conta de que, na verdade, a refugiada era eu, que permaneci apátrida até a idade de 21 anos, sem passaporte, tendo apenas um *laisser-passer*, documento no qual fica oficializado que se é estrangeiro em qualquer país. Pelas leis brasileiras, eu precisava atingir a maioridade para me naturalizar, como o fizeram meus pais alguns anos após a chegada ao Brasil.

Creio que há um não-dito, ou seja, o fato de que a história dos judeus é feita de migrações cíclicas; a imagem do judeu errante, como a de outro povo nômade, os ciganos. Recorro a uma frase de Homi Bhabha (2001:231), também ele um imigrante, ao analisar a "estrangeiridade" das línguas: "o objeto da perda é escrito nos corpos do povo, à medida que ele se repete no silêncio que fala a estrangeiridade da língua". Talvez isso esteja implícito no discurso do imigrante judeu, como lembra a psicanalista Betty Fuks (2000:78): "o hebreu é um ser de passagem, aquele que migra e que transgride". Ele só estará a salvo na Terra Prometida. Estará?

Os filhos, esses representantes da segunda geração, não parecem perceber o trauma vivenciado pelos pais. Estes minimizaram os acontecimentos. Eles sentem falta de mais informações sobre o passado de seus pais e avós no Egito. Como M. P., por exemplo:

— Mais alguma coisa que você lembre e que queira contar do Egito?
— Não, eu só tenho uma reclamação a fazer a eles mesmos...
— A eles quem?
— Aos meus avós e aos antepassados todos; que tivessem um pouco mais de prazer ao contar essas histórias pra gente, porque toda vez que eu falo...
— Mas o que eles contavam?
— Eles contavam muito pouca coisa, nunca tinham muita paciência, acho que essa educação também tem um defeito, apesar

de ser muito... Eu só disse aqui os elogios, mas sempre foi muito machista e muito autoritária, digamos assim (...) os pequenos e menores que se danem, sabe? Eles viviam na roda de amigos deles e tudo mais (...) o que minha avó [conta] são *flashes* que ela tem; apesar de ela estar 100 por cento lúcida, ela não conta com riqueza de detalhes, né, e eu acho que deve ter muito detalhe pra contar...

— Então essa transmissão, na verdade, foi você que foi buscar?
— Eu fui buscar, eu que fico perguntando, entendeu? (...) Minha mãe também veio pequena pra cá, com nove anos, ela também não sabe dos detalhes [da] transferência deles do Egito pra cá. Isso é uma coisa que me interessava muito saber, aí eu fico sabendo que fulano ajudou, outro fez, mas não contam muito e tal.

Entretanto, os pais, avós e agregados contaram histórias amenas aos filhos e netos. M. P. lembra de detalhes que lhe foram contados como num filme glamouroso, com mordomos em casa, carros esporte, "vida de princesa, até que tiveram de sair, sem nada".

Que é o exílio? Como reconhecer um exilado? Qual a diferença entre ele e o refugiado? Segundo a historiadora Denise Rollemberg,

> O exílio é fruto da exclusão, da negação, da dominação, da anulação, da intolerância. Em si, guarda um valor negativo. (...) Mas o exílio é também a negação da negação, a luta pela afirmação, a resistência. (...) O exílio tem, na história, a função de *afastar/excluir/eliminar* grupos ou indivíduos que, manifestando opiniões contrárias ao *status quo*, lutam para alterá-lo. (...) O traumatismo e o sentimento de perda e de ferida profunda caracterizam o luto vivido pelo exilado num primeiro momento. (...) Dividido entre culturas diferentes, ele torna-se um apátrida. Juridicamente, apátrida é aquele que não tem governo para defendê-lo. Vale a

pena citar a definição de apátrida de Victor Serge, escritor francês e russo, que nasceu, viveu e morreu como exilado: "homens a quem as tiranias recusam até a nacionalidade. Quanto ao direito de viver, a situação dos apátridas, que na realidade são os homens mais ligados às suas pátrias e à pátria humana, só é comparável à do homem 'sem reconhecimento' da Idade Média, que, não tendo senhor nem suserano, não tinha direito nem à defesa, e cujo simples nome tornou-se uma espécie de insulto".[45]

Segundo o dicionário *Aurélio*, exílio significa: "1. Expatriação forçada ou voluntária; degredo, desterro. 2. O lugar onde reside o exilado. 3. *Fig*. Lugar afastado, solitário ou desagradável de habitar".

Exílio é, pois, uma condição e também um espaço. Segundo o mesmo dicionário, exilado é aquele que foi expatriado, desterrado, banido, degredado. Tais conotações são negativas, depreciadoras. Assim, uma das explicações para o silêncio dos entrevistados sobre a sua condição de exilados seria a tentativa de não macular suas imagens perante os filhos e perante si mesmos.

Ainda segundo o *Aurélio*, refugiado é "aquele que se refugiou". E refugiar-se é: "1. Retirar-se (para um lugar seguro); acolher-se, abrigar-se. 2. Tomar asilo; asilar-se, expatriar-se. 3. Procurar abrigo ou proteção (...). 4. Resguardar-se, proteger-se, abrigar-se".

Talvez se apliquem aos judeus do Egito as seguintes palavras de Hannah Arendt sobre sua condição de refugiada do regime nazista:

> Se for verdade que tivemos de buscar refúgio, nós não cometemos nenhum ato repreensível, e a maioria de nós nunca pensou em professar uma opinião política extremista. Conosco esse ter-

---
[45] Rollemberg, 1999:25-27.

mo "refugiado" mudou de sentido. Chamamos atualmente de "refugiados" aqueles que tiveram a infelicidade de desembarcar num novo país completamente desprovidos e que tiveram de recorrer à ajuda de comitês de refugiados.[46]

Para Rollemberg, o universo do exilado constrói-se sobre os pilares *afastamento/exclusão/eliminação e castigo*:

> O afastamento causará a despersonalização e o anonimato, próprios do exílio, devido à "ruptura narcísica", produzindo, por sua vez, a crise de identidade. A ruptura tem a dimensão de um traumatismo, porque o exílio rompe com o movimento que constrói o homem a partir de seus projetos e ilusões, renovado, permanentemente, na convivência com os outros. O exílio rompe com o conforto da relação na qual o homem é reconhecido.[47]

À condição de exilado soma-se a de estrangeiro. C. A. saiu com sua família do Egito para a França, onde ele não conseguiu adaptar-se. Como seus tios tinham vindo para o Brasil, ele resolveu apostar num novo movimento de saída e veio para o Rio de Janeiro:

> — Aí, quando aconteceu [a guerra do canal de Suez e a expulsão], meu pai também estava lá na França, quando aconteceu, eu viajei para Paris. E por causa da minha irmã nós ficamos. Meu pai tentou fazer um negócio na França, mas as leis... Era muito difícil para estrangeiro trabalhar. E meus tios já tinham vindo para o Brasil. (...) E em 1958, primeiro eu venho. Meu pai disse: "você vai ver como é que é, como que é Brasil". Eu foi [*sic*].

---

[46] Apud Caloz-Tschopp, 2000:230.
[47] Rollemberg, 1999:25.

— Já trabalhava lá na França ou não?
— Eu trabalhava.
— Em quê?
— Eu fiz uma pequena indústria, mas era muito difícil.
— De quê?
— Do que meu pai fazia, goma de mascar, chiclete. Você não se lembra, mas tinha uma fábrica de doces, balas, doçes, chocolate em Alexandria. Aí eu veio [sic] para cá e falei que o país tinha terra bom [sic]e que era mais fácil que na França, e eles vieram.
— Ah, foi você que os chamou.
— E eles ficaram seis anos no Brasil, mas depois voltaram. Minha mãe não gostava do clima, eu tinha um irmão que também não queria ficar, minha irmã não queria ficar. Eles foram embora e eu fiquei.

O estrangeiro fala diferente, age diferente, tem jeito diferente; é um "outro". Eis o que diz a respeito dele a escritora e lingüista Júlia Kristeva (1994:10):

Inimigo a ser abatido nos grupos humanos mais selvagens, o estrangeiro, na esfera das concepções religiosas e morais, torna-se um homem diferente que, sob a condição de aderir a elas, pode ser comparado à aliança dos "sábios", dos "justos" ou dos "naturais". (...) A violência do problema hoje colocado pelo estrangeiro provém, sem dúvida, das crises das concepções religiosas e morais. É causada, sobretudo, pelo fato de que a absorção do estranho proposta por nossas sociedades revela-se inaceitável para o indivíduo moderno, defensor de sua diferença, não somente nacional e ética, mas essencialmente subjetiva, irredutível. Saído da revolução burguesa, o nacionalismo tornou-se o sintoma, primeiramente romântico, em seguida totalitário, dos séculos XIX e XX. Ora, se o nacionalismo se opõe às tendências universalistas (sejam elas religiosas ou racionalistas), dispondo-se a segregar e mesmo a perseguir o estrangeiro, nem por isso chega, por outras vias, ao individualismo particularista e intransigente do homem moderno. Mas talvez seja a partir da subversão desse individualismo moderno, a partir do momento em que o cidadão-indivíduo cessa de se considerar unido e glorioso para descobrir as suas incoerências e os seus abismos, em suma, as suas "estranhezas", a questão volta a se colocar: não mais a acolhida do estrangeiro no interior de um sistema que o anula, mas a da coabitação desses estrangeiros que todos nós reconhecemos ser.

O movimento do nacionalismo tratado por Kristeva foi exatamente o que ocorreu no Egito após a criação do Estado de Israel, em 1948. O movimento pan-árabe de Nasser não permitia a presença ou a permanência de não-árabes em terras egípcias. Resta saber qual a concepção de árabe para esse movimento, uma vez que vários judeus com passaporte egípcio não puderam exercer sua cidadania por serem judeus. Os judeus eram estrangeiros em terras egípcias, como era egípcio o estrangeiro Moisés, que fundou a religião judaica. As fronteiras entre o estrangeiro, o egípcio, o judeu não eram bem definidas no Egito àquela época. Tampouco o termo "sionista". Até hoje ainda se percebe nos jornais, nas matérias que tratam do conflito no Oriente Médio, essa confusão de termos, como se israelense, judeu e sionista fossem sinônimos. C. A. guarda uma grande mágoa de seu país de origem. Prefere esquecer sua condição de estrangeiro em seu país e, apesar do forte sotaque e da gramática claudicante, sente-se um brasileiro:

> Por isso que eu sempre falo: minha pátria verdadeira é essa. O Egito, minha terra, me expulsou. Nasci, mas fui expulso. Então, nunca vou considerar ela, nunca vou — como se diz? — ter nostalgia de uma coisa que não existia. A gente sentia ódio! Deve ser eu que sentia mais que os outros porque eu tinha visto, quando

se vê o lado de fora, mais liberdade: "*shhh, não pode falar, não pode dizer, baixa o rádio*"...

C. A. pouco se refere à sua infância no Egito e não fala francês com os três filhos de seu casamento brasileiro. Sua casa não ostenta nenhum objeto de ritual judaico. A decoração é nacional, a não ser por dois quadros de ponto de cruz franceses, representando o arlequim e a colombina, única lembrança de sua mãe.

Em seu livro, Kristeva chega a uma conclusão radical: "o estrangeiro, portanto, é aquele que perdeu a mãe". Para ilustrar sua afirmação, ela nos remete ao romance de Camus *O estrangeiro*, cujo protagonista, Mersault, se comporta com frieza durante as cerimônias fúnebres de sua mãe. Depois disso, sua vida retoma a monotonia habitual, até que, num domingo de sol escaldante, atendendo a um impulso cego, acaba por matar um homem que ele sequer conhece. A cena acontece na praia:

> Todo o meu ser se retesou e crispei a mão sobre o revólver. O gatilho cedeu, toquei o ventre polido da coronha e foi no barulho, ao mesmo tempo seco e ensurdecedor, que tudo começou. Sacudi o suor e o sol. Compreendi que destruíra o equilíbrio do dia, o silêncio excepcional de uma praia onde havia sido feliz. Então atirei mais quatro vezes num corpo inerte, em que as balas se enterravam sem que se desse por isso. E era como se desse quatro batidas secas na porta da desgraça.[48]

Mersault não tem consciência de ser um criminoso, mas seu ato é um escândalo para a justiça e a sociedade. Ele aparece como um estrangeiro no universo do procurador, dos juízes e até mesmo de seu advogado, pois ignora os valores convencionais que dão sentido à vida. Não é o assassinato que o torna um ser hediondo

---

[48] Camus, 1995:63.

perante todos, mas o fato de ter-se mostrado indiferente no enterro de sua mãe.

Kristeva (1994:15) emprega o termo indiferença para tratar da condição de estrangeiro:

> Não pertencer a nenhum lugar, nenhum tempo, nenhum amor. A origem perdida, o enraizamento impossível, a memória imergente, o presente em suspenso. O espaço do estrangeiro é um trem em marcha, um avião em pleno ar, a própria transição que exclui a parada. Pontos de referência, nada mais. A indiferença é a carapaça do estrangeiro: insensível, distante, no fundo ele parece fora do alcance das agressões que, contudo, sente com a vulnerabilidade de uma medusa.

R. sentiu na pele essa sensação de estranhamento. Lembra que na infância sofreu profundamente a dor do afastamento. A dor de ser diferente, de ser rejeitado, é a mesma do preconceito que também afasta e segrega o outro:

> Quer dizer, quem é você? Você é estranho e você tem uma estrutura simbólica estruturante que é diferente do outro. Mas, quando a gente tem oito anos, a gente não sabe disso. E aí sofrimento, sofrimento, porque você é tratado de uma forma diferente, você é afastado, você é questionado, você é interrogado. E você tem sofrimento, porque você está o tempo todo sendo submetido a uma interrogação de estranhamento. Sem saber por quê.

Em seus relatos, os entrevistados mostram ter saudade da vida que tinham no Egito. Mas em alguns trechos podemos perceber que se sentiam estrangeiros em sua terra, condição que parecia aceitável para a maioria deles. Afinal, o regime político do Egito permitia que aí se mantivessem pequenos "territórios" de diversos países. B. não se sentia egípcia em seu país:

Egípcia? Não! Nunca! Eu me sentia dentro do Egito, mas estrangeira, porque todo mundo do Egito... É um país cosmopolita. Eu trabalhava com japonês e tinha vários grupos, tinha amigos gringos. Saía muito com amigos (...) eram o creme do Paquistão, e tinha muitos grupos assim, intelectual, um pouco de tudo.

A condição de país cosmopolita foi uma tônica em todos os depoimentos. Eles já eram estrangeiros no Egito. As circunstâncias fizeram com que se sentissem em níveis diferentes de cidadania. A decepção, no momento da expulsão, acabou sendo maior. Estavam fora do lugar:

— Nós éramos, digamos assim, europeus entre aspas no Oriente Médio. Então, éramos superiores, a cultura que rolava era essa, né?
— E vocês se sentiam assim?
— Sentíamos. Era uma coisa assim muito contraditória, é óbvio, porque ao mesmo tempo éramos perseguidos, né? Também perseguidos entre aspas: a gente convivia. Sabe, é preciso compreender que o Egito era um país assim muito cosmopolita.

Kristeva (1994:36) atribui ao cosmopolitismo um valor de estranhamento. A seu ver, o estrangeiro tem origens sombrias, pois ele teria fugido da origem — família, sangue, solo:

mas foi em *outro lugar* que ele colocou as suas esperanças, que se travam os seus combates, que ele hoje mantém a sua vida. *Em outro lugar* oposto à origem, e mesmo *em lugar algum* oposto às raízes (...). Ele é estrangeiro, é de parte alguma, de todo lugar, cidadão do mundo, cosmopolita.

T. e R. percorreram trajetórias muito parecidas. As duas não se conhecem, o que as une são múltiplos exílios. Após chegar ao

Rio, T. mudou-se para São Paulo, onde casou-se; foi para a Paraíba e voltou novamente para o Rio. R. mudou-se do Rio para Israel com o marido, regressando ao Rio alguns anos depois. Diz T.:

> — Eu passei esses anos todos na Paraíba, longe disso, longe da minha família. Minha mãe foi morar nos EUA, tava num outro lugar (...) um outro desafio, é outra cultura. E mais uma vez (...) os forasteiros de São Paulo e do Rio de Janeiro, nós éramos forasteiros na Paraíba. Mais uma vez um desafio.
> — Mas lá você era forasteira, não era uma exilada judia.
> — Ah, é. Ah, com certeza, gostei, era uma paulista invasora. (...) A condição judia nesse caso... desaparece. Aliás, ela não aparecia. Aparecia minha condição de ser de São Paulo ou do Rio de Janeiro, como um ser que vinha ocupar um lugar dos filhos da terra. Mas é também um processo de exclusão. Porque nós não fomos incluídos na sociedade. Era mais uma vez um grupo de jovens, mas agora eu é que era a mãe e as filhas. Era um monte de jovens que estavam até então na vida acadêmica.

O marido de T. participou dos movimentos contra a ditadura na década de 1970; por isso tiveram que sair do Rio de Janeiro. Novo exílio para T. Essa condição de estrangeiro fala também da condição de exilado. Segundo Rollemberg (1999:46):

> Ao falarmos em exílio, estamos lidando com o *exilado*, categoria moldada na subjetividade, na ambigüidade, na contradição. Dos exílios datados surge a face subjetiva do personagem histórico. Então, estudar o exílio é compreender também o exilado.

Cada sujeito histórico reagirá de acordo com sua formação social e educação, as condições geográficas e as circunstâncias do país que o acolheu, os amigos que fez, os inimigos que escolheu. O processo quase antropofágico de entender, de absorver a nova vida é um exercício que *T.* e *R.* fazem permanentemente. Por serem mais novas e terem aqui chegado ainda em idade escolar, suas vidas foram efetivamente construídas no Brasil. Hoje elas conseguem lidar melhor com as próprias idiossincrasias. *R.* voltou para o Egito com os filhos e o marido. De novo era uma estrangeira. Ela quer acreditar que o choque dos primeiros momentos do exilado num país totalmente estranho tenha sido superado. Aos poucos, a nova língua vai sendo absorvida e passa a fazer parte do cotidiano. A língua materna também tem a força de uma estrutura de resistência.

O escritor Elias Canetti, nascido na Bulgária, falava ladino, um espanhol usado naquele país pelos judeus de origem espanhola. Seus pais falavam às vezes em alemão na presença dos filhos, para que estes não compreendessem. Durante a I Guerra, sua família tivera de mudar-se da Bulgária para a Inglaterra. Em sua autobiografia *A língua absolvida*, Canetti resgata sua relação íntima com as línguas, com o ato de escrever, e fala da dificuldade de aprender o alemão — uma imposição de sua mãe, logo após a morte do pai. Ela, já viúva, só falava com ele em alemão. E o menino, que já havia aprendido inglês e falava búlgaro, teve de submeter-se a horas de aulas particulares de gramática teutônica. O trecho a seguir vem ao encontro da discussão sobre a língua e a condição ambígua do estrangeiro, obrigado a lidar com novas gramáticas, novas regras de fala e, conseqüentemente, de vida:

> Só mais tarde entendi que não foi só por minha causa que ela me ensinava alemão entre zombarias e torturas. Ela própria sentia uma profunda necessidade de falar alemão comigo, pois era o idioma de sua ternura. O golpe mais profundo que sofrera em sua vida, a perda de meu pai, seu interlocutor, se manifestou com mais sensibilidade no fato de que suas conversas prediletas, em alemão, silenciaram com ele. Foi neste idioma que se desenrolou seu verdadeiro matrimônio. Sentia-se desamparada sem ele e tratou de colocar-me em seu lugar o mais rápido possível.

> Esta era sua maior esperança, e suportou muito mal quando eu, no início, ameaçara fracassar. Assim, ela me obrigou a um desempenho, a curtíssimo prazo, que ia além das possibilidades de qualquer criança, e seu êxito determinou a natureza mais profunda do meu alemão, uma língua-mãe implantada tardiamente e sob verdadeira tortura. Mas essa tortura não perdurou, pois logo se seguiu um período de felicidade que me uniu indissoluvelmente a essa língua. Também deve ter favorecido, desde cedo, a minha tendência a escrever, pois foi para aprender a escrever que conquistei o livro, e a súbita melhora começou justamente quando aprendi a escrever as letras góticas.[49]

Sua cidade natal, Ruschuk, porto do Danúbio, era, assim como Alexandria, uma espécie de ponte entre Oriente e Ocidente. Em suas ruas falava-se turco, grego, albanês, armênio, romeno e ladino, a língua dos judeus sefaraditas. Os asquenazes também têm sua língua, o iídiche, igualmente resgatado por Jacó Guinsburg em seu livro *Aventuras de uma língua errante*:

> percebe-se que aquele "desprezível" linguajar das judiarias do Centro e do Leste europeu conseguiu, na sua tipicidade aparentemente menor e confinada em guetos, tomar um feitio que é quase o de uma língua-passaporte, preservando no seu curso pelas épocas e pelos continentes a aptidão de continuar a ser ele próprio em meio a tantos outros — uma *língua franca* no próprio âmbito de seu isolamento, uma língua realizada e atualizada por seus locutores no mundo inteiro e com a internalização desta presença.[50]

Dir-se-ia que a língua é como uma pátria para o exilado, onde ele pode se refugiar e sonhar — coisa que nenhum ditador

---
[49] Canetti, 1987:85.
[50] Guinsburg, 1997:36.

conseguirá impedir. Tanto nos autores citados quanto nos depoimentos dos entrevistados, percebe-se que a língua tem papel fundamental na construção de uma identidade forjada no exílio.

Como já foi dito, boa parte dos entrevistados de primeira geração respondeu em francês à minha primeira pergunta, sempre feita em português. E os que preferiram fazê-lo em nosso idioma mostraram um forte sotaque, mesmo tendo aqui chegado há 46 anos. Kristeva nos ensinou que o estrangeiro é aquele que perdeu a mãe. A mãe-língua — no caso desse grupo — manteve-se viva no dia-a-dia.

O exilado tenta dar sentido à sua existência no afastamento. Ao mesmo tempo, temos de decodificar as sociedades que o excluem e a que o acolheu. Nosso olhar de pesquisador vai focar as estratégias que cada indivíduo forjou para encontrar seu lugar na nova sociedade. As duas culturas que nele coabitam estão em tensão permanente. As variáveis vão desde os pequenos hábitos e as comidas típicas até o modo de vida e a civilidade. Aqui buscamos confrontar essas construções de identidades utilizando instrumentos interdisciplinares, inclusive a literatura, para perceber os olhares cruzados.

Um Egito perdido?

Era uma vez, eram 100, eram mil vezes... As histórias têm sempre um início que volta ao passado. Algum passado. Ouvimos e repetimos esse refrão desde a infância, e o bordão já nos coloca em posição de ouvinte, prontos a viajar numa narrativa que pode ser um conto de fadas, o resumo de um livro, a trama de uma novela, o roteiro de um filme. A memória do narrador tem de ser atualizada, como um arquivo de computador. Se ele tiver um interlocutor para lhe dar algumas deixas, tanto melhor, as lembranças se farão mais vivas, abrindo o leque de suas possibilidades. Nas entrevistas com o grupo, à primeira pergunta (como foi sua saída do Egito?) iniciava-se imediatamente um mergulho na memória, uma (re)visita à infância, à juventude, com imagens de um país mágico, pois distante, colorido, banhado pelo mar, pelo rio, e um deserto infinito.

A esse país de que falam somente é possível voltar evocando as imagens, os sons, cheiros e sabores que lhes impregnam a memória, a audição, o olfato, o paladar e o corpo. Assim é que eles vão nos trazer aquele Egito, nos fazer ouvir o clamor do muezim, respirar a brisa do Mediterrâneo, sentir o gosto das tâmaras, tocar os corpos cobertos de marcas do tempo egípcio.

A memória flui, tornando-se acessível de diferentes formas, não apenas através da fala: os gestos, os biscoitos, as frutas, o cafezinho ou o chá também vão nos trazer à tona esse passado. Sobre esse diálogo, essa reciprocidade no discurso — que para nós vai construir um discurso baseado na memória —, diz Mikhail Bakhtin (1993:92):

> A réplica de qualquer diálogo real encerra esta dupla existência: ela é construída e compreendida no contexto de todo o diálogo, o qual se constitui a partir das suas enunciações (do ponto de vista do falante) e das enunciações de outrem (do *partner*).

A memória não está nos suportes materiais convencionais: ela está no corpo. Está na própria forma de o sujeito trabalhar as questões do seu dia-a-dia. A memória tem um forte suporte corporal: a postura, o balanço, a ginga ou a rigidez. E estes são corpos que vêm de uma cultura oriental para entrar em contato com uma cultura ocidental multiétnica, multicultural, que tem o corpo como seu fundador. Esses corpos trouxeram os movimentos do Mediterrâneo e tiveram de aprender a ginga da beira de praia carioca.

Os entrevistados da primeira geração têm um modo parecido de falar e gesticular — por exemplo, usando as mãos para manifestar espanto, como se faz nos países árabes. O corpo guarda as cicatrizes, as rugas, os trejeitos — códigos inconscientes que se prestam à análise do pesquisador.

Durante as entrevistas, invariavelmente eram servidos, além de café e água, uns pasteizinhos de queijo chamados *sambucek* ou *burecas*, e com esse sabor de um Oriente latente eles começavam a contar suas histórias, geralmente lembrando dos pais, do aconchego da família. Assim é que C. R. inicia sua viagem, falando em francês:

> Sou o sétimo filho de uma família muito unida, como todas, muito unida. Infelizmente perdi três irmãos e uma irmã. Mas, bom, os anos passam. E cá estamos. Meus pais viviam muito bem no Egito, tínhamos uma vida magnífica. Tínhamos um empregado que fazia a maior parte dos trabalhos difíceis, tínhamos babás e uma cozinheira síria. Além disso, minha mãe cuidava da cozinha, quando ela tinha vontade, e fazia pratos maravilhosos. Então, levávamos uma vida muito agradável. Todos os meus irmãos estudaram em escolas francesas, no Lycée Français, fizeram seus *bacs*.[51] (...). Mas meu irmão mais velho entrou para o movimento sionista nos anos 30 (...).

C. R. parece ter certo orgulho desse irmão, 17 anos mais velho, que ousou enfrentar o pai para se casar com uma mulher mais velha:

> Meus pais não apreciaram muito, ela era um pouco mais velha do que ele, que só tinha 19 anos. Quando ele completou 20, 21 anos, uma tia disse para minha mãe: "toma cuidado, abre a gaveta do teu filho e você vai notar que há menos roupas". O que ele fazia? Levava as roupas para a casa dela para poder ir embora, porque ele sabia que meus pais não queriam que ele fosse. E um

---
[51] Abreviação de *baccalauréat*, diploma conferido ao final do terceiro ano do 2º grau e que dá direito a uma vaga em universidades francesas.

belo dia ele disse a meus pais: "Vocês sabem? Vou me casar". "Como?!" Meu pai ficou muito zangado. "Mas tenho 21 anos, não há nada a fazer" etc. Ele casou-se com ela e partiu para a Palestina. Meu pai, então, não quis mais falar com ele por não sei quanto tempo. Mas minha mãe, que tinha um coração de ouro, fazia de tudo para aproximá-los, mas era impossível. Ela disse: "Bom, ele é jovem, o começo de vida é difícil, eu vou mandar um pouco de dinheiro no início, depois não vou querer mais saber, já que ele casou com uma mulher mais velha. Então minha mãe, coitadinha, mandava, porque ela tinha muitos meios na época. Depois, o que ela fazia? Ela vendia suas pulseiras de ouro e tudo o mais para mandar para seu filho.

Com o fascínio típico de irmão menor, C. R. continuou contando a saga desse seu irmão, e assim ficamos sabendo que, quando estourou a II Guerra, ele acabou se juntando à brigada judaica do exército inglês e foi defender as forças aliadas em *fronts* poloneses e tchecos. Com grande pesar, C. R. contou que o irmão "infelizmente, durante um combate, perdeu um dos dedos, graças a Deus nada mais". Ao tornar-se avô, o pai de C. R. fez as pazes com aquele filho, que acabou prosperando na Palestina.

Outro irmão de C. R. também decidiu sair do Egito em 1939, para tentar um vôo mais longo, até a Argentina. C. R. fala de um encontro entre os irmãos, no porto de Alexandria. O porto, como lugar de chegadas e partidas, ficou marcado na memória — diáspora na família:

Foi engraçado. Meu irmão veio da Palestina despedir-se do outro que partia. (...) Então toda a família reuniu-se, fomos todos ao porto. No mesmo dia os dois partiram, um para a Argentina, outro para a Palestina. Era a mesma tarde. (...) Eu era bem pequeno. Eu tinha uma foto disso... .

Ato contínuo, C. R. passa a contar sua própria saída do Egito, as negociações de seu pai para conseguir vistos de saída. Não queriam ir para Israel, preferiam a Europa, os EUA ou o Canadá. Não pensavam no Brasil. Foram para a Argentina e de lá vieram para o Brasil.

É possível ver esse grupo de judeus imigrantes como uma família, uma vez que todos eles foram expulsos pelos mesmos motivos e nas mesmas circunstâncias, vieram para a mesma cidade e tiveram de lidar com dificuldades semelhantes. São vários núcleos familiares contando suas histórias de vida para a segunda geração, histórias individuais que têm muitos pontos em comum e que se repetem segundo o mesmo modelo. Diz a socióloga francesa Anne Muxel (1996:7):

> Como toda memória, a memória familiar deve conjugar todos os tempos, passado, presente e futuro. Mais do que um elo entre o passado e o presente, ela é o presente de um passado, guardiã das lembranças da infância e serva zelosa dos desejos, dos interesses, mas também das reivindicações e dos arrependimentos de hoje. (...) a memória familiar pressupõe uma negociação misteriosa do indivíduo consigo mesmo para reapropriar-se dos fragmentos do passado de modo que este venha a se inscrever novamente no presente e, mais adiante, no seu destino.

Talvez se possa chamar essas narrativas de memória autobiográfica, uma vez que são fragmentos da vida dos entrevistados, a memória das várias experiências vividas que constroem a história pessoal de cada um, mesmo não sendo essa uma vivência solitária. Definindo o quadro analítico da memória familiar, Maurice Halbwachs (1994) concebe a família como um "grupo de pessoas diferenciadas", e a seu ver a memória coletiva parte sempre de um ponto de vista individual. Ele põe em relevo a especificidade do quadro familiar e o seguinte paradoxo existencial:

Em nenhum lugar o indivíduo parece tão predeterminado sem que seja levado em conta o que ele quer e o que ele é (...). Entretanto, cada membro do grupo é único no gênero, e não se concebe que possa ser substituído por outro. Isso significa que a memória familiar se enuncia a partir dessa dualidade. Ela é a expressão de uma relação de parentesco que age em uma situação de certa exterioridade ao sujeito, definindo uma configuração de circunstâncias, de relações e de trocas não escolhidas. Mas ela revela também uma dinâmica existencial própria, pois ela coloca em cena o indivíduo em suas escolhas e seus parâmetros pessoais.

Halbwachs (1990) também sugere um processo de negociação que concilie memória coletiva e memórias individuais:

> Para que nossa memória se beneficie da dos outros, não basta que eles nos tragam seus testemunhos: é preciso também que ela não tenha deixado de concordar com suas memórias e que haja pontos de contato suficientes entre ela e as outras para que a lembrança que os outros nos trazem possa ser reconstruída sobre uma base comum.

Halbwachs explica que o processo de lembrar o passado, de reconstruí-lo, se dá a partir de pontos de referência; não se trata de reviver uma experiência passada, mas de reconstruir essa mesma experiência com as idéias de hoje, com a mente atualizada, com a maturidade dos dias de hoje. Essa memória será ativada por referências externas que remeterão à experiência passada, vista com os olhos de hoje. Assim, parece estabelecer-se um diálogo nesse discurso da memória. Segundo Pollak (1989):

> A memória, essa operação coletiva dos acontecimentos e das interpretações do passado que se quer salvaguardar, se integra, como vimos, em tentativas mais ou menos conscientes de definir

e de reforçar sentimentos de pertencimentos e fronteiras sociais entre coletividades de tamanhos diferentes: partidos, sindicatos, igrejas, aldeias, regiões, clãs, famílias, nações etc. A referência ao passado serve para manter a coesão dos grupos e das instituições que compõem uma sociedade, para definir seu respectivo lugar, sua complementaridade, mas também as oposições irredutíveis.

A partir dos diversos processos teóricos de construção tanto da memória quanto da identidade, acreditamos ser possível construir uma reflexão dialógica com as diversas narrativas de cada um dos entrevistados do grupo de egípcios. Para Renato Ortiz (1998), o discurso oral, que ele chama de testemunho, encerra sua própria verdade, muitas vezes sem a preocupação de cotejar fatos históricos ou eventos registrados. A força da narrativa vem dessa pluralidade de lembranças contada a partir de outro momento, de modo que o tempo decorrido entre o fato e seu relato permite que se examine o passado com carinho, mágoa ou até raiva:

> Trabalhar com testemunhos não deixa de ser problemático. Os historiadores e os antropólogos sabem muito bem disso. A lembrança diz respeito ao passado, e, quando ela é contada, sabemos que a memória se atualiza sempre a partir de um ponto do presente. Os relatos de vida são sempre a partir de um ponto do presente. Os relatos de vida estão sempre contaminados pelas vivências posteriores ao fato relatado, e vêm carregados de um significado, de uma avaliação que se faz tendo como centro o momento da rememoração. O problema não é novo, vários autores já o enfrentaram, como Halbwachs em seus ensaios clássicos sobre a memória coletiva. O presente age como um filtro e seleciona pedaços de lembranças, recuperando-as do esquecimento. Ao trabalharmos os testemunhos dos atores sociais das esferas culturais, evidentemente vamos nos deparar com problemas análogos. O passado é descrito muitas vezes em termos român-

ticos, como se os indivíduos vivessem um tempo áureo no qual tudo era permitido. As lembranças vêm carregadas de uma nostalgia que compromete uma avaliação aproximada do período. Claro que não se pode deixar de levar em consideração o fato de que os testemunhos trabalhados foram ditados hoje; o passado se refere, portanto, a um momento da juventude das pessoas, o que de alguma forma as leva a percebê-lo como algo idílico.

Uma das entrevistadas, S., uma senhora emotiva e doce, pediu logo no início da conversa para não falar em português, "pois as palavras vêm mais fácil em francês". Ao contrário de outro entrevistado, L., que fala a respeito de negócios, dando detalhes de transações comerciais e técnicas, ela privilegia a memória afetiva, com ênfase nas cores do Egito, nos sentimentos de seus amigos e da família. S. nunca imaginou que algum dia teria que sair do Egito e inicia o seu relato procurando mostrar quanto esse país lhe era caro:

> Nós vivíamos muito bem. O país era magnífico. O Egito era um país realmente muito bonito. Nós nunca pensamos em ter de deixá-lo um dia. Nunca! Viajávamos. Eu ia sempre visitar meus avós em Barcelona durante as férias, mas não pensávamos que algum dia teríamos de deixá-lo. Fomos forçados a deixá-lo porque houve um movimento ao mesmo tempo anti-semita e xenófobo. Então, de um dia para o outro, precisamos sair do Egito. Tenho a impressão de que para nós, mais novos, pois éramos jovens na época, com 20, 21 anos, começou um pouco antes, aos 18, mas nos primeiros momentos não pensávamos em sair. Pensávamos que fosse passar. Tenho essa impressão. Pelo menos na minha cabeça ia passar. Nunca pensei que algum dia eu poderia ser considerada não-egípcia. Se bem que eu não era egípcia, eu era de pais estrangeiros, logo, automaticamente, eu não era considerada egípcia. Mas isso não vinha à minha cabeça, eu adorava o Egito, e de repente, de um dia para o outro, tivemos

de sair [voz embargada]. A escolha do país foi rapidamente decidida. A maioria dos países fechava as portas aos estrangeiros idosos. *O.* [marido de *S.*], por exemplo, poderia ter trabalhado nos EUA. Ele teve a oportunidade de ir comigo para os EUA, mas nossos pais não poderiam. Não poderiam mesmo. Considerávamos a Europa como um país velho. Seria muito difícil recomeçar a vida. Então pensamos num país jovem. O Canadá me parecia muito frio na época, eliminamos o Canadá por causa do meu medo.
— Do clima?
— Do clima [ri]. É engraçado porque é um detalhe. Depois, o Brasil parecia realmente o país do futuro, o pai que nos receberia a todos, e foi o que aconteceu. Saímos todos como uma grande tribo, éramos 17 no navio. Tinha minha família, a família do *O.*, a família do meu cunhado, minha irmã com toda a família do marido e que saía ao mesmo tempo que a gente. Uma tribo, praticamente, que se deslocava para o Brasil. Nunca, nunca pensávamos que teríamos de deixar tão rapidamente o Egito. Parece um sonho, um pequeno pesadelo essa decisão.

S. fala de olhos fechados, como que revendo as imagens que lhe vêm da memória. Judia de nascimento, ela não se casou com um judeu, escolheu como companheiro *O.*, um pianista boêmio, venceu as barreiras impostas por sua família e teve três filhos no Brasil. Tanto *S.* como *C. R.* se referem ao Egito como uma maravilha. *C.* também responde à primeira pergunta dizendo que "tinha uma vida muito agradável até a guerra do Sinai". *T.* vai buscar as primeiras lembranças da expulsão na sua infância, quando brincava nos jardins do palácio. *B.* define sua vida como "muito boa lá, muito boa".

C. A. destoa deles radicalmente e parece querer demolir essa imagem de paraíso. Jamais contou à atual mulher e aos três filhos os detalhes de sua vida no Egito. Saiu de lá ainda jovem porque queria estudar nos EUA, e a guerra o impediu de voltar. Fala num português carregado de sotaque:

> Agora, dizer que [o Egito] era mil maravilhas... Eu não achei nem pior nem melhor. Muita gente que não conseguia lá no Egito conseguiu alguma coisa aqui no Brasil. Muita gente. Porque, primeiro, lá era limitado, não tinha as oportunidades que o Brasil oferece. É sempre a nostalgia.

C. A. não tem em sua casa nenhum objeto egípcio ou relacionado com a religião judaica — como, por exemplo, o mezuzá, uma pequena caixa com textos sagrados colocada no umbral das casas das famílias judaicas como proteção divina. Mas ele guarda uma lembrança de sua mãe, já falecida: dois grandes quadros bordados em ponto de cruz, representando um arlequim e uma colombina. Era costume, no Egito, fazer tapeçarias, de preferência Aubusson, para pendurar nas paredes ou para forrar poltronas. Era chique. C. A. lembra da mãe. Os quadros ocupam o espaço mais nobre do salão.

Essa pluralidade de vozes e versões instiga o pesquisador a buscar uma visão mais complexa da saída do grupo daquele país. C. A. se mostra visivelmente revoltado com a expulsão e não pretende voltar jamais ao Egito. Halbwachs (1994:146) define a memória familiar como uma memória coletiva:

> se reconhecermos a que ponto o indivíduo está, a esse respeito como a tantos outros, na dependência da sociedade, é natural que consideremos o grupo em si como capaz de se lembrar, e que atribuamos uma memória à família, por exemplo, tanto quanto a qualquer outro conjunto de pessoas.

Com base nesse raciocínio, é possível afirmar que os elementos desse falam de uma memória familiar. Muxel (1996:13) identificou três funções principais da memória familiar, cada qual contribuindo para precisar o modo de ligação de um indivíduo com seu passado:

> uma função de transmissão, inscrevendo-se na continuidade de uma história familiar e se empenhando em perpetuar as particularidades; uma função de revivescência ligada à experiência afetiva e ao vivido pessoalmente; por fim, uma função de reflexividade, voltada para uma avaliação crítica de seu destino.

Para Muxel, o esquecimento também tem um papel decisivo nessas três funções da memória familiar: o esquecimento como abertura, como lugar deixado vago para a introdução de valores novos em relação à função de transmissão; o esquecimento como meio de salvaguarda e como tela protetora influindo na função de revivescência; por fim, o esquecimento como garantia de verdade influindo na função de reflexividade. Segundo ela,

> essas diferentes funções da memória e as diferentes contribuições do esquecimento são necessariamente ligadas e coexistem, na maior parte do tempo, no seio de uma mesma narrativa de memória. Elas são enunciadas nos discursos a respeito de si próprio e dos outros, são atravessadas pelas alternâncias da subjetividade e da objetivação, do que vem de dentro e do que vem de fora, pelo não-dito também, e muitas vezes pela má-fé. Mas elas trabalham em conjunto na construção da memória familiar de cada um.[52]

A primeira função organiza o desejo de transmissão. É através dessa memória que serão reconstituídas as histórias e as trajetórias dos indivíduos, ligando-os ao conjunto de laços genealógicos e simbólicos que formam a família.

---

[52] Muxel, 1996:39.

Enunciada primeiramente para fazer uma ligação entre si e uma anterioridade, ligação entre as gerações, a memória transmitida não pode, no entanto, reproduzir-se de modo idêntico. Se ela deve se perpetuar, ela também é negociada e renegociada sem parar a partir do presente.[53]

Arqueológica, a memória de transmissão desenvolve a narrativa de uma origem, de uma anterioridade: "de onde viemos?"; *referencial*, ela veicula os modelos do comportamento, dos ensinamentos, das referências e dos valores; *ritual*, ela coordena a repetição dos códigos, das palavras, dos momentos vividos que fazem o folclore das famílias.

Por exemplo, C. contou-nos que, ao chegar ao Rio, achava os cariocas muito educados porque todos — ela acreditava — lhe diziam boa-tarde, quando na verdade a estavam cortejando, chamando-a de "boa". E a anedota ficou como história familiar, repetida em reuniões e jantares de família, sempre provocando risadas.

Ainda segundo Muxel, o esquecimento é o reverso necessário do registro: "pois esquecer é derrogar o princípio de continuidade. É assumir o risco da interrupção, da fratura, de um branco".[54] Sem o esquecimento não haveria espaço para novidades. Contra o esquecimento, a memória precisa de suportes, como objetos emblemáticos, territórios e cenários, impressões dos sentidos ou marcas corporais. Nesse sentido, os quadros da casa de C. A. podem ser considerados alavancas da memória, por evocarem tempos agradáveis de serem revividos.

Ao longo das entrevistas, fomos percebendo que o fato de contar suas histórias permitia aos entrevistados uma ordenação do passado há muito não verbalizado. Depois de mais de 40 anos, a expulsão torna-se distante não somente no tempo, mas no coti-

---

53 Muxel, 1996:14.
54 Ibid., p. 21.

diano. A sobrevivência é mais forte do que as dificuldades passadas. Como já vimos, toda memória é dinâmica, se reconstrói. Os entrevistados reorganizaram suas vidas ao relembrar sua expulsão e adaptação à nova terra. Selecionaram suas falas, buscando o que lhes interessava trazer do passado e assim revelando a posição que assumem no presente e projetam para o futuro. Foram negociando com suas histórias, segundo estratégias favoráveis, a sua vida atual. Ao relembrar essas histórias, puderam tomar uma certa distância de suas vidas e reavaliar seus pontos de vista, a construção deles mesmos como sujeitos. Muxel fala desse jogo de seleção:

> O indivíduo negocia seu destino próprio com a história de sua família. Ele define sua ligação a partir dos ajustes pessoais que sentiu necessidade de fazer em função das doações positivas nas quais se sentiu lesado, mas também das lacunas que teve de preencher.

MEMÓRIA AFETIVA — CORES, SONS E CHEIROS

O poeta Baudelaire pode nos dar a chave para abrir os portões da memória subjetiva. Os sentidos lembram, involuntariamente. É a memória mais subjetiva e ao mesmo tempo a mais sensitiva, já que passa pelas sensações corpóreas, materializa-se nos corpos e esvai-se em sons, cheiros e cores.

> *Vaste comme la nuit et comme la clarté,*
> *Les parfums, les couleurs et les sons se répondent.*[55]

Podemos estabelecer aqui uma correspondência — para utilizar o título do poema — com outro escritor, Marcel Proust. A

---

[55] Baudelaire, 1928:10. "Tão vasta quanto a noite e quanto a claridade/Os sons, as cores e os perfumes se harmonizam." (Tradução de Jamil Haddad. Disponível em: <www.geocities.com/cumbucapoetica/cb/flores.html>).

memória sensorial é matéria-prima para os dois, que têm, digamos, uma afinidade eletiva na abordagem dos temas. A dimensão do romance proustiano *Em busca do tempo perdido* serve como um modelo de experimentação nos relatos dos imigrantes, a porção proustiana de suas vidas. A recorrência ao cheiro de jasmim nos parece um dado fundamental para o entendimento dos relatos. As referências ao rio Nilo, ao Mediterrâneo, as férias nas casas de praia, as cores do pôr-do-sol nos oferecem um vasto material de estudo sobre as lembranças daquele passado.

Walter Benjamin (1991:133) escolhe o mesmo poema, Correspondances, como um dado de memória: "as *correspondances* são os dados de 'rememorar'. Não são dados históricos, mas da pré-história. Aquilo que dá grandeza e importância aos dias de festa é o encontro com uma vida anterior". Analisando a poesia de Baudelaire, Benjamin encontra vários pontos de convergência entre o poeta e Proust. No capítulo "Sobre alguns temas em Baudelaire", Benjamin volta-se para a questão da memória e do tempo. Trata, inclusive, das categorias de memória:

> O odor é o refúgio inacessível da *mémoire involontaire*. Dificilmente ele se associa a uma imagem visual; entre todas as impressões sensoriais, ele apenas se associará ao mesmo odor. (...) Um odor desfaz anos inteiros no odor que ele lembra.

O romancista francês é uma referência permanente quando se trata da memória dos sentidos. É famosa a sua descrição das sensações nele despertadas pelo sabor da *madeleine* embebida no chá: "no mesmo instante em que aquele gole, junto com as migalhas do bolo, tocou o meu paladar, estremeci, atento ao que se passava de extraordinário em mim. Invadira-me um prazer delicioso, isolado, sem noção da sua causa".[56] Os sete volumes de *Em busca*

---

[56] Proust, 1981a:45.

do tempo perdido contêm diversas referências às memórias voluntária e involuntária, com análises pertinentes do autor. No trecho seguinte, ele fala da memória involuntária:

> Eis porque a maior parte de nossa memória está fora de nós, numa pancada de chuva, num cheiro de quarto fechado ou no cheiro de uma primeira labareda, em toda parte onde encontramos de nós mesmos aquilo que a nossa inteligência desdenhara, por não lhe achar utilidade, a última reserva do passado, a melhor, aquela que, quando todas as nossas lágrimas parecem estancadas, ainda sabe fazer-nos chorar. Fora de nós? Em nós, para melhor dizer, mas oculta de nossos próprios olhares, num esquecimento mais ou menos prolongado. Graças tão-somente a esse olvido é que podemos, de tempos em tempos, reencontrar o ser que fomos, colocarmo-nos perante as coisas como estava aquele ser, sofrer de novo porque não mais somos nós, mas ele, e porque ele amava o que nos era agora indiferente.[57]

Muxel aborda a questão da memória dos cheiros e dos sons percebendo seu caráter de memória involuntária, memória fluida que está nos corações de cada um:

> Esse estoque de cheiros, essa sonoteca de ambientes passados, somente o trabalho da memória ainda pode, por algum tempo, lembrá-los. Os sentidos atuam como arquivistas, marcadores e testemunhos. Mas arquivistas do efêmero. Se algumas animações sonoras podem ser gravadas, os cheiros não podem ser conservados nem arquivados. Apesar de todo o seu poder de inscrição e de evocação, a memória dos sentidos não pode ser transmitida.

---

[57] Proust, 1981b:172.

Durante as conversas com os entrevistados, suas emoções mais fortes provinham dessas imagens de um outro mundo, de um imaginário cultuado e rememorado — este sim — constantemente. Os sentidos abrem caminhos para que a memória encontre uma via de instalação e faça seu trajeto. Os versos em que Baudelaire estabelece um diálogo entre os sentidos podem ser resgatados nas falas dos nossos entrevistados. O verde do gramado dos jardins do rei, onde *T.* brincava, o perfume de jasmim que *A.* nunca mais encontrou em parte alguma, a dança das egípcias, os jarros de água na cabeça, o canto na mesquita. Conta-nos *R.*:

> Quer ver, uma imagem assim que é até pitoresca. Porque eu morava num prédio. Do outro lado da rua, à direita, tinha uma mesquita. Bom, uma mesquita significa quatro vezes, se não me engano, por dia você ouvir o muezim cantar a reza. Você deve ter ouvido na novela. Então, em frente tinha uma mesquita. Desse lado aqui tinha uma igreja e a escola de freiras. E atrás, não dava para ver, mas eu sabia que estava ali, tinha uma sinagoga. E eu acho que, para mim, Mansura é isso. Você está no meio assim de... Quando o cordobês falou assim, que ser cordobês é ser herdeiro de um cruzamento de três culturas, eu me identifiquei com ele. O Nilo, o Nilo é uma coisa muito forte.

R. se empolga ao lembrar o cruzamento das culturas e as tradições religiosas. Ela fala de uma imagem, mas o que evoca verbalmente é o canto do muezim, que se repete ao longo dos dias. O chamado para a reza, os corpos voltados para Meca são para *R.* como um tapete voador da memória. Ela fica pensativa, sonhando com esse som que é uma experiência única, solitária e indivisível.

A memória sonora faz parte das histórias de vida. Se *R.* lembrou-se do som de sua cidade, podemos também fazer um exercício mnemônico e resgatar os sons das cidades pelas quais passamos ou vivemos, os sons da casa, aquele tilintar das chaves do pai ou da mãe que nos permite, de dentro, já saber quem está chegando. Ou o ronco do motor do carro da família ao entrar na garagem. Ou ainda os passos subindo as escadas. O tom de voz, os gritos, os sussurros identificam os indivíduos, como uma impressão digital. A memória digital dos telefones celulares, para citar um exemplo banal, grava a voz do dono e a reconhece para cumprir a função de chamada. As músicas também formam uma discoteca particular da memória. As vozes do passado, involuntariamente, voltam.

Proust chega ao extremo de evocar o som dos soluços que reprimiu, quando criança, ainda em Combray:

> Mas desde algum tempo que recomeço a perceber muito bem, se presto ouvidos, os soluços que tive então coragem de conter diante de meu pai e que só rebentaram quando me encontrei a sós com mamãe. Na realidade, jamais cessaram; e somente porque a vida vai agora mais e mais emudecendo em volta de mim é que os escuto de novo, como os sinos de convento, tão bem velados durante o dia pelos ruídos da cidade, que parece que pararam, mas que se põem a tanger no silêncio da noite.[58]

Ecléa Bosi (1994:447) privilegia a memória afetiva dos sentidos, ressaltando a importância do acústico e chamando a atenção para os sons da cidade, que vão mudando com a evolução tecnológica — por exemplo, com a troca do trem e do bonde pelo ônibus: "quando perdemos uma paisagem sonora, sempre poderemos evocá-la através de sons que subsistem ou na conversa com testemunhas que a viveram".

O Egito evoca magia e sonho, com seus faraós, pirâmides e todo o imaginário que envolve essa terra milenar. Após ouvir as fitas dos depoimentos e ler e reler suas transcrições, podemos dizer que esse imaginário é incorporado na visão do Egito que os entrevistados guardam na memória. Nota-se que as sensações e os

---

[58] Proust, 1981a:39.

sentidos têm papel importante nesse registro. A., R., S. e T. refazem as trajetórias de suas lembranças em estradas coloridas, cheirosas, musicais. A. recorda aromas e sabores de Alexandria:

> O verão era a época mais magnífica de Alexandria. Tinha (...) frutos do mar pequenininhos, do tamanho de um pistache, e a gente comia eles como pistache, a gente abria. (...) São 50 anos, 50 não, mas 44 anos que eu saí de lá, e eu vejo, eu cheiro, o cheiro do mar salgado (...) eles tinham uma cumbuca que eles enchiam e botavam no papel, um papel como do amendoim que vende aqui, mas como era gostoso, era como... [passa a falar em francês] cestas de ostras, como *clambs*, como pistaches, então tinha o cheiro do sal, do mar, do Mediterrâneo. Alexandria era muito particular: à noite papai ligava às vezes para a mamãe e dizia: "Nenê, os sanduíches, faça-os, pegue as crianças e desça", e nós jantávamos sanduíches no carro, íamos até Montasa, e parávamos lá. No carro começávamos a cantar nossas canções (...) e no caminho estava toda a gente do mar, e havia, principalmente à tarde, havia um negócio de pedra assim... esse cheiro de jasmim... [volta a falar em português] então, cada um queria se valorizar, eu comprava um, o outro comprava dois, o outro comprava tudo... [volta para o francês] e logo que você mexe a mão, o cheiro do jasmim. Do outro lado, havia milho, tomávamos cerveja, tomávamos Coca-Cola ou suco de laranja, era uma coisa rosa, não me lembro do nome, e todas as crianças tomavam isso, e depois havia outro tipo de pistache...
> — E esse cheiro de jasmim você voltou a sentir?
> Desta maneira nunca, jamais. Em hipótese alguma. Só se eu voltar ao Egito nessa mesma época, talvez. Eu tenho uma vizinha aqui que até tem jasmim. Lá você não precisava plantar, era só andar e o cara fazia assim de propósito: cheira!

L. H., carioca, filha de judeus do Egito, também recorda esse aroma ao falar com carinho de sua avó materna, mulher cheia de energia, como as egípcias em geral, segundo ela:

A casa da minha avó materna era assim enorme, tinha uma horta e um pomar cheio de frutas, e ela acordava todo dia de manhã pra ir catar as frutas, e tinha uma parte que era só com flor de jasmim. Todo dia ela pegava a xicrinha, botava uma florzinha de jasmim e dava pra gente cheirar, sabe? É, você falou de cheiro, por isso também que estou lembrando...

O perfume de jasmim impregnava o ar de Alexandria. Para festejar os 40 anos da imigração, a comunidade de judeus egípcios de São Paulo promoveu uma série de eventos, e o selo comemorativo tinha estampado ao fundo um ramo de jasmim.

Corbin (1987:110) fala dos odores relacionando-os com a memória, num casamento rápido entre nariz, cérebro e coração. Os sentidos aguçados têm o poder de despertar no cérebro seus arquivos de memória:

> Mas a inovação está mesmo no poder de exaltação da memória afetiva; na busca do "sinal memorativo", segundo a expressão de Rousseau, essa confrontação brutal entre o passado e o presente imposta pelo odor reconhecido; junção imprevista que, longe de abolir a temporalidade, faz experimentar e revela ao eu a sua própria história. Enquanto a moda ascendente do perfume confere uma amplitude poética à imagem memorizada do outro, a descrição olfativa na literatura afirma-se a propósito da reminiscência.

S. se emociona ao recordar as mulheres egípcias carregando um enorme jarro de água na cabeça, imagem por ela evocada duas vezes durante a entrevista:

> Hoje, é isso, são lembranças extremamente... luminosas. É um país maravilhoso, é um país luminoso. É um país onde o sol é espetacular [lágrimas], imagens que me marcaram, nem sei quantos anos eu tinha, essas mulheres vestidas de... era um tipo de

dança, e esse enorme jarro sobre a cabeça. Eu não queria sair...
— Elas andavam?
Não, era um tipo de dança. Um jarro sobre a cabeça, incrivelmente grande. (...) Geralmente são mulheres jovens, não são velhas. Elas usam lindos, muito lindos vestidos pretos e longos, com um enorme *foulard* de cores vivas. Os rostos dos egípcios eram extremamente frios. Você imagina essas mulheres com esses jarros na cabeça... Guardei essas imagens, o Egito me marcou [lágrimas]. É extraordinário, esse Alto Egito com todas as lembranças dos faraós, pirâmides, as esfinges, e é tão... parece tão próximo... Tem-se a impressão de que de repente se vê um faraó no lago sagrado. (...) Não me lembro do nome do lago sagrado onde as íbis vêm pousar à noite... O Egito é muito presente... Me marcou muito até agora...

Notamos uma confusão de imagens, dado o seu estado de espírito naquele momento. S. não parava de chorar, mesmo nos momentos de maior descontração. Ela volta a falar sobre os jarros feitos de argila, as mulheres, a dança, e me pergunta:

Você nunca viu as mulheres com jarros? Deve continuar assim. Os jarros de água, quando elas iam buscar água. Esses jarros enormes. Elas os seguram tortos, não ficam retos sobre as cabeças. Você tem a impressão de que vão cair. Eles não caem nunca, por causa dessa dança, dessa maneira de andar. É esse modo de andar que mantém os jarros equilibrados.
— Lembra a Maria da lata d'água na cabeça dos morros do Rio, não?
Mas as latas não são tão grandes. Os jarros egípcios são enormes. Você não calcula o tamanho. Me pergunto como elas conseguem suportar esse peso. Porque quando estão vazios, a rigor... mas quando estão cheios, como elas conseguem suportar? É algo extraordinário.

S. usa os verbos no presente, se emociona ao lembrar que não vê essas imagens há mais de 40 anos e acredita que não retornará tão cedo ao Egito. S. chora sua expulsão. O quadro colorido que ela guarda em sua memória se sobrepõe às referências aos faraós ou a Cleópatra. Seu imaginário reproduz cores fortes e água. Entre o Nilo e o Mediterrâneo.

O sabor do Egito

De sua infância no Egito, a escritora Colette Rossant guardou o gosto inesquecível das especiarias e os cheiros doces das ruas cairotas. Nascida na França, ela entremeia sua comovente autobiografia com receitas de pratos que aprendeu a fazer com sua avó e os cozinheiros Ahmet e Aicha, como por exemplo a sopa de "*meloheia*", feita com umas folhas amargas, alho e músculo de boi, servida sobre arroz branco e que é muito popular entre os egípcios. Uma das entrevistadas, A., se lembra de ver a mãe preparando esse prato, alguns anos depois da chegada da família ao Rio de Janeiro:

> Eu não conhecia, eu disse: "mãe, o que é isso?" "Isso é *meloheia*." "Existe *meloheia* aqui?" Ela me mostrou na hora, limpou, botou pra secar, e à medida que ela ia fazendo eu estava reconhecendo o trabalho que nossa Fatma há sete anos no Egito fazia pra gente (...). Eu estava vendo mamãe com as folhas e sem mais nem menos eu vejo ela voltar da cozinha (...) com uma em faca meia-lua com dois pedaços de pau: "aqui, tá vendo como eu tinha razão de trazer isso comigo? Até aqui no Brasil achei *meloheia*". (...) Minha mãe tinha um liqüidificador, pegou a *meloheia*, botou dentro, em pouco tempo tava pronto, botou açúcar e... a *meloheia*, o Egito, o perfume do Egito voltou à nossa casa.

Tornar a sentir o cheiro do Egito é uma das maiores alegrias dos imigrantes. Nem mesmo o fato de terem sido de lá expulsos os fez esquecer tais cheiros e sabores. Podemos dizer que esse é um trunfo da memória sensitiva: ela — assim como as fotografias — vai perpetuar as histórias de vida cultivando elementos que ajudem os imigrantes a montar um cenário confortável como a vida que tinham no Egito. Segundo Corbin (1987:180), "o olfato, por sua vez, mantém 'relações íntimas' com numerosos órgãos, a tal ponto que ele se impõe como o sentido das simpatias. Já era conhecida sua estreita relação com o paladar".

Memórias culinárias são marcantes em autobiografias. A atriz paulista Nydia Lícia (2002:18) fala do enorme prazer com que experimentou — depois de muitos anos — um *radicchio*:

> Jantamos no restaurante do castelo [de San Giusto]. Foi o primeiro reencontro com o *radicchio*, uma alface minúscula, típica do lugar. É estranho até que ponto o gosto das comidas e o cheiro dos lugares permanecem guardados em algum cantinho da nossa memória, prontos a pular para fora ao mais leve toque...

Minou Azoulai (1997:50) descreve com nostalgia a véspera de sua saída do Egito, enumerando tudo aquilo que suas retinas guardaram dos últimos dias em seu país: o pátio da escola, os ônibus, o quitandeiro, as praias, os jardins. Em seguida, confessa:

> Escrevo e sinto, escrevo e toco tudo com as pontas das minhas lembranças. Escrevo e os vejo. Seria o véu que se rasga, a memória que se entreabre? Não sei, mas é muito bom! Eles se derretem diante de um prato de *ful*, essas favas que as cozinheiras sabem tão bem temperar com limão e azeite, os *falafels* ao coentro, o purê à base de grão-de-bico e gergelim, esse *homos* no qual mergulhamos o pão, o *tahine*, que tem o mesmo gosto, mas uma consistência mais fluida, os nabos rosa marinados na água e no sal, os quibes preparados pela Olga e as *konafas* ao mel feitas

pela Rachel, minha avó paterna. Olga, a síria, e Rachel, a egípcia. Elas poderiam passar horas fazendo doces (...) as duas animadas pela mesma paixão de trabalhar as massas e preparar grandes bandejas de folhas de uva enroladas com arroz, cebola e limão. (...) Que pequenos gestos, que cheiros, que sabores!

Em busca de um sabor perdido, *C. R.* voltou ao Egito nos anos de 1980. Nem todas as experiências foram felizes. Quis visitar a escola de sua mulher, mas a diretora o impediu de rever as salas de aula. Não se deu por vencido: queria recriar seu mundo perdido na década de 1950. E parece que precisava de um sabor, já que as imagens que buscava lhe foram negadas:

> Saindo de lá, um pequeno detalhe engraçado: havia uma pequena loja, assim [mostrando o tamanho], que vendia bebidas gasosas, coca-cola. Vamos beber algo para mudar o humor. Você sabe, havia na época uma bebida que se chamava Sinalco. Aí pergunto: "vocês têm Sinalco?". Ele me diz: "o que é isso?". "Sinalco. É uma gasosa que é um pouco colorida, pronto, laranja, vermelho." "Não conheço." Então, paciência, falamos de outra coisa: "o senhor viveu aqui antes?". "Sim." Sinalco não existe há mais de 20 anos. Por isso ele me perguntou.

R. mantém viva na memória uma florzinha que não viu em nenhum outro lugar. Assim como *C. R.* com seu refrigerante, ela guarda pedaços do seu Egito que ninguém conhece. Um código de acesso do qual só ela tem a chave:

> — Aliás, eu não vi isso em nenhum outro lugar. Nessa cidade, no verão, eles faziam colagens de jasmim e de uma florzinha... Não tem aqui. Minha mãe tinha uma arvorezinha. Trouxe de Israel e plantou num vaso aqui. E cheiro é uma coisa assim muito evocativa. Te transporta para o lugar. Cheiro e música.

— Quais são os cheiros que te levam de volta?
— Esse é um, do jasmim. Comidas também. Que mais?...
— Você cozinha?
— Cozinho.
— Você faz essas comidas?
— Faço sempre. Isso eu conservei.

Transmissão

O narrador quer fundar a cadeia de que fala Benjamin. Assim como a memória e a identidade, a transmissão depende da seleção realizada pelo sujeito-narrador no momento de seu relato. Essas escolhas do dito vão de encontro ao não-dito, aos silêncios da memória, conscientes ou não. O sujeito-entrevistado recorre a várias situações para construir tanto sua identidade quanto sua memória e repete, em outra dimensão, a construção desse elo que vai unir uma geração a outra que a sucede.

Para entender melhor esse processo, recorreremos ao psicanalista Jacques Hassoun, que refletiu sobre a transmissão da memória e da identidade levando em conta as contradições e os casos que conheceu em seu consultório. A seu ver, a língua é fundamental nesse processo, e

> a transmissão seria esse tesouro de que cada um se constitui a partir de elementos fornecidos pelos pais, pelo entorno, e que, remodelados por encontros fortuitos e acontecimentos que passam despercebidos, se articulam ao longo dos anos com o cotidiano para realizar sua função principal: a de ser fundadora do sujeito e para o sujeito.
> (...) transmitir é oferecer às gerações que nos sucedem um *savoir-vivre*, termo que devemos utilizar em sua acepção mais forte.[59]

---

[59] Hassoun, 1994:81, 101.

Tomemos a transmissão como estágio necessário para a construção da memória e da identidade. São passíveis de transmissão a cultura, uma crença, um pertencimento, a história. Os sujeitos sentem necessidade de transmitir a seus descendentes o que eles mesmos receberam, se possível integralmente. Os pertencimentos passam pelas gerações, como, por exemplo, a quantidade de Josés pelo país. No Maranhão — para usarmos um nome conhecido de todos — os Zés são definidos por sua ancestralidade: o Zé do Sarney automaticamente remete à comunidade Zé, o filho de Sarney, que por sua vez deve ter sido um Zé filho de algum outro. A cadeia de transmissão vai criando laços de identidade e de pertencimento.

Um olhar sobre essa questão me pareceu interessante durante as entrevistas com os imigrantes/exilados, que contam suas histórias com riqueza de detalhes. Nelas os relatos pareciam mais férteis do que aqueles anteriormente transmitidos aos filhos. Era preciso verificar se essa hipótese se confirmava, daí as entrevistas com filhos de judeus do Egito. De fato, P., M. P. e L. H. queriam mais detalhes a respeito dos momentos mais importantes das vidas de seus pais. P. tem uma ligação muito forte com o Egito, que o remete a seus pais, principalmente ao pai, já falecido. No seu caso, o processo de transmissão cultural e religioso foi bem-sucedido: caçula de três irmãos, foi o único a seguir o conselho do pai para casar-se com uma judia. Na verdade, ele seguiu também os passos profissionais do pai.

— E ele falava muito do Egito?
— Não. Sim, ele falava quando ele viajava, ia pra lá, voltou acho que umas duas vezes, mas ele não era um cara de falar muita coisa, a gente é que perguntava pra ele como é que era. Porque ele era um jogador de basquete superfamoso lá em Alexandria, aí ele mostrou algumas fotos e tal. Ele lamenta porque na viagem ele perdeu um monte de fotos da época em que jogava basquete e tal, e sinto muita falta de não poder ver isso. É uma pena que naquela época não tinha câmera de vídeo, essas coisas assim

mais modernas (...) porque pra mim seria o maior sonho poder ver ele jogando e tal. Sou muito ligado a esporte, graças a ele, né? Voltando à tua pergunta, eu sempre perguntava pra ele como era e tal, ele respondia sem problema, mas ele não falava espontaneamente, a gente é que corria atrás dele perguntando... E também eu era pequeno, quer dizer, quando eu tinha meus 14 ou 15 anos eu era um moleque, então o cara não ficava conversando com a gente como hoje em dia. Ele era ótimo, a gente brincava (...) eu divertia bastante ele, mais do que ele divertia a mim, eu é que fazia a alegria dele, o que eu acho que é natural.

O pai de P. marcou fortemente o filho, que gosta de ir a sinagogas de judeus orientais, de preferência egípcios, pois a música das rezas o remete ao tempo em que acompanhava o pai ao templo no Rio de Janeiro. P. deseja ensinar francês aos filhos, para estabelecer uma ponte entre as gerações, e quer que o desconhecido lhes seja revelado através dele mesmo:

> Não quero que a coisa se dissolva, que, por exemplo, eu tenha meu filho e ele fique, não largado no mundo, mas... claro que ele vai se tornar um brasileiro, mas queria que aprendesse a falar francês, a falar inglês, porque, como o Egito foi colonizado por franceses... É, eu gostaria de ter essa coisa, apesar de que minha esposa não fala francês, mas gostaria que meu filho falasse, né? E aí conseguir resgatar um pouco do meu pai em cima do meu filho, ou dos filhos, não sei, mas a idéia é essa, de fazer com que eles aprendam o francês, já que é um vínculo grande com o meu pai, com os meus pais.

Essa transmissão se dá como uma simples repetição de uma geração para outra? Parece-nos que, assim como a memória e a identidade, o processo da transmissão envolve uma revisão de conceitos, diferentes contextos e histórias de vida. Como diz Hassoun (1994:14), "somos diferentes daqueles que nos precederam, e nossos descendentes seguirão um caminho (...) sensivelmente diferente do nosso... No entanto, é nessa série de diferenças que inscrevemos o que temos a transmitir".

Transmitir uma tradição, um segredo. Os judeus marranos tinham de manter sua identidade em segredo: o judeu escondido, convertido à força na Espanha depois dos massacres de 1391 e da Inquisição em 1492. O judeu que mantinha seu credo em casa e fingia-se convertido na rua era marrano. Muitos marranos não suportaram essa dupla identidade e fugiram para a Holanda, Itália e Inglaterra (ainda no século XV), onde puderam assumir sua condição de judeus. Os primeiros marranos tinham como tarefa transmitir à geração seguinte o seu segredo: o pertencimento à religião judaica. Em *La tradition cachée* ("A tradição oculta") Arendt trata, entre outras coisas, da questão do marranismo. Refletindo sobre a obra da filósofofa, Leibovici sugere que, de uma geração para outra, o judeu ou se torna um cidadão bem-sucedido, adotando os valores da sociedade na qual deseja enquadrar-se, ou permanece um pária. E é entre estes últimos que surge o que Arendt chama de tradição oculta. Assim, é a partir da constatação do rompimento do fio entre as gerações originariamente constituídas que ela vai refletir sobre a noção de tradição. É com esse conceito que Leibovici (2000:194) trabalha a definição de Arendt:

> Uma tradição é um modo de transmissão do passado de uma geração para outra, de maneira que o passado tenha autoridade, domine o presente. A autoridade de uma tradição só perdura na medida em que uma relação privilegiada com a origem fundadora é reconhecida por aqueles que a garantem. O fio condutor da tradição, essa corrente que liga uma geração à outra, permite também aos homens se orientarem no futuro. Uma tradição é sempre uma certeza de continuidade, de memória, ela nomeia o que deve ser transmitido e indica onde os tesouros se encontram.

Essa transmissão gera alguns problemas quando a primeira geração quer esconder sua real identidade, como era o caso dos marranos ou, ainda, dos judeus da Europa que preferiram trocar seus nomes para fugir das prisões nazistas. Como a troca dos nomes nem sempre era revelada à segunda geração, esta ficou sem informações de seu passado, como explica Nicole Lapierre (2000):

> entre a geração que abandonou seu antigo nome, fazendo silêncio sobre seu passado, e aquela que herdou o novo combinado com uma história com lacunas (...) há um hiato. Provido de uma genealogia fantasma e do novo que veio de lugar algum, não é fácil alguém se encontrar. O desejo dos pais de projetar seus filhos num futuro sem anterioridade, livre dos sofrimentos mas também das referências passadas, deixa algumas vezes esses filhos desamparados.

Tradições

Quanto aos entrevistados, terão eles ocultado alguma tradição? Será que desejaram transmitir suas memórias filtradas por lentes de etiqueta social? Se B. preferiu não declarar sua religião ao preencher a ficha cadastral para o novo emprego, A. sempre exibiu com orgulho com sua estrela de Davi pendurada num cordão. Numa situação delicada, D. L., filho de judeus do Egito, preferiu não revelar sua condição. Foi quando passou uma temporada em Israel, trabalhando em obras de construção. Moreno, sem traços ditos judaicos, trabalhou lado a lado com palestinos que, vez por outra, manifestavam seu ódio aos judeus. D. L. compreendeu que esse ódio não era contra as pessoas, mas contra a política adotada por Israel em relação aos palestinos. O legado dos pais, que não viveram em guetos e sempre estiveram dispostos a trabalhar com não-judeus, permitiu-lhe contornar a situação:

Eu convivi com os árabes numa boa. Um árabe chegou para mim achando que eu era um operário brasileiro ou de qualquer lugar e me perguntou: "*Balestina people good?*" — eles não conseguem falar o pê — e eu respondi: "*all people are good*". E ele: "hum, hum, *judish not good*". Aí ele imitou uma metralhadora: tá-tá-tá-tá. Naquele momento eu pensei: não vou dizer para esses caras que eu sou judeu, não. Vou sentir o que eles pensam, conversar com eles, e eles falaram muito comigo, falaram da raiva deles e tal. E com isso eu não senti que estava traindo eles porque ouvi muito o ponto de vista deles. E até hoje, em muitos aspectos, eu tenho muita compreensão pelo ponto de vista dos palestinos. Ocupação é uma merda. Viver sob ocupação israelense é ruim. Não vamos nos iludir achando que os judeus são mais humanitários ou mais humanistas. Ocupante é ocupante, e ocupação é uma droga.

Esse relato lúcido possibilita uma reflexão sobre a transmissão e sua práxis. D. L. considera que a juventude dos pais no Mediterrâneo passou-lhe uma certa leveza para lidar com as questões cruciais de sua vida. Ao ser perguntado sobre o que significava para ele ser um judeu do Egito, respondeu com bom humor:

Antes de mais nada, eu acho que fiquei contagiado, né?, pelo fato de ser brasileiro, carioca, ter nascido aqui, e eu nunca consegui me considerar um judeu do Egito. Eu me considero, sim, um judeu de origem egípcia, isso sim, sem dúvida, e isso, você vai ver, é uma parte muito importante de mim. Muito importante não porque eu queira muito preservar certas coisas e tradições, mas porque é assim. Tem coisas, maneiras de ser, de pensar e de encarar a vida, os acontecimentos, que dá para traçar essa experiência de família, mas eu não me considero exatamente um judeu do Egito. (...). E aqui no Brasil eu faço muita questão de enfatizar que, nasceu aqui, é brasileiro, nasceu aqui, tem essa cultura, esse jeito brasileiro de ser, você é brasileiro. (...) Como a gente falou, os descendentes italianos de São Paulo, os descendentes de japoneses são brasileiros também (...) mas [tem] o fato de ser egípcio, vamos voltar um pouco mais para trás, o fato de meus pais serem de uma cidade com muita diversidade étnica e de eu nunca ter ouvido nada de hostil em relação aos outros grupos. Ah, os egípcios, árabes, muçulmanos, com relação aos italianos, gregos, armênios, não sei o quê, acabou me deixando com a cabeça bem aberta, eu convivo bem com gente de tudo quanto é origem. Eu acho que isso marcou também. Até o fato de eles lembrarem com carinho da infância na Alexandria, não sei, talvez um judeu da Europa oriental nunca mais quisesse falar de sua terra natal. Se lembrasse da Polônia lembraria de um *pogrom* ou da hostilidade dos camponeses, antes mesmo do nazismo, de todo o mal-estar reinante, do frio... Eles lembravam lá da brisa do Mediterrâneo, da infância doce, isso com a guerra e tudo. Pô, o meu pai, depois eu fiquei sabendo, o meu pai passou uma semana lá sem aula, ouvindo os tiros de canhão lá da batalha de El-Alamein. E, com tudo isso, as lembranças da infância eram as melhores possíveis. Eu tenho uma tia que está em Israel, que passou 11 anos na cadeia, no Egito, porque ela era militante comunista. Essa tia comentou que a vida deles em Alexandria era tão boa, tão doce, que foi essa infância que sustentou eles ao longo da vida nos momentos de dificuldade. Então, sabe, os judeus não estavam fechados em guetos, meu avô tinha negócios com gregos, com italianos, armênios, muçulmanos, com todo mundo, e isso acaba mexendo com você. Você chega numa cidade como o Rio de Janeiro, que radicaliza isso mais ainda, onde vive gente de tudo quanto é lugar e se mistura, aí a coisa... não sei . Eu acho que é uma herança de tolerância que eu valorizo muito.

D. L. faz questão de sublinhar que não é importante para ele um casamento com uma judia, na sinagoga. Namorou até pouco tempo atrás uma nissei com quem se entendia muito bem e credita isso ao fato de os dois pertencerem a minorias, o que criou um elo mais forte durante o namoro. Ele pretende transmitir aos filhos a herança recebida. A questão da transmissão, segundo Déchaux, parece ultrapassada atualmente, uma vez que a sociedade valoriza mais o indivíduo, e os pais já não se animam a transmitir. Essa transmissão se dava na vida em família, em grupo, nas refeições cotidianas, quando se passavam, quase inconscientemente, hábitos e *modus vivendi*. A transmissão é uma forma de se continuar mesmo após a morte. Transmitir é uma garantia de sobrevida, mesmo que simbolicamente. Déchaux (1997:246) fala da auto-referência, da necessidade de afirmação por parte do transmissor:

> O motivo da transmissão traduz um desejo real de instalação na duração, de perenidade, mas a entidade à qual o indivíduo se refere e cuja permanência ele pretende garantir não é a linhagem no sentido antropológico do termo. Seria uma "linhagem imaginária" trabalhada pelo ego para afiliar-se subjetivamente, isto é, inscrever-se subjetivamente numa temporalidade familiar que o ultrapassa.

A língua é fundamental para que o processo de transmissão — de memória e identidade igualmente — se realize. Tratamos, então, de narrativas, da memória elaborada e de uma identidade forjada nas falas? Tudo indica que sim. A questão da língua é central no trabalho de Hassoun, para quem a transmissão dá conta do passado e do presente:

> Em que língua deve-se transmitir? Como transmitir numa língua diferente a vida fervilhante de um porto mediterrâneo, suas cores vivas, seus perfumes, o grito dos fregueses e dos vendedores que os perseguem? Como expressar que determinado perfume, mistura sutil do imundo e do delicioso, pode representar um

ponto focal de nostalgia absoluta que nenhuma outra palavra transposta é capaz de transmitir?[60]

Essa língua é o que Hassoun define como "língua de contrabando" para aqueles que classificam de exílio seu local de nascimento: "filhos ilegítimos, cujo brasão é dividido, têm como único recurso — para poderem sobreviver — ser contrabandistas da língua".

> As línguas de contrabando (...) são queridas, aduladas, são de propriedade de quem acredita ser seu depositário. Elas são uma música, uma melodia, um embalo. São invocadas ou convocadas para consolar ou para sustentar enormes, santas e ridículas indignações. (...) Esse contrabandista raramente está consciente do que ele carrega. (...) Não tenhamos receio de ser contrabandistas. É com essa denominação que conseguiremos transmitir.[61]

Durante as entrevistas, pudemos presenciar diversos "contrabandos" da memória e da língua feitos pelos entrevistados. Mesmo os que preferiram falar em português apelaram vez por outra para a língua materna, a única que poderia transmitir aquilo que eles queriam descrever com as cores da terra natal. D. L., por exemplo, tem várias línguas de contrabando:

> Minha avó não falava árabe, praticamente. Não, ela falava italiano ou francês. Ela tinha um francês perfeitíssimo, não era aquele francês macarrônico, não, ela aprendeu bem no colégio, com aquele rigor do método antigo. (...) Mas a língua que ela falava era um francês que, quando informal, ela usava coisas do italiano. (...) Mas isso era só informal; se ela estivesse num ambiente

---

[60] Hassoun, 1994:52.
[61] Ibid., p. 41-42.

mais formal, nunca faria isso. Minha mãe herdou isso; aprendeu italiano dentro de casa, e eu, de tanto ouvir... pô, todo aniversário eu ouvia minha tia falando uma expressão que eu não entendia, eu pensava que era alguma coisa do hebraico ou do árabe, ou alguma coisa que vinha lá do Egito. Depois de muito tempo eu vim a perceber que era *per muchos años*, quer dizer, "por muitos anos", quer dizer, que isso se repita, esses aniversários, que você tenha muito mais aniversários. Isso. Aí aconteceu uma coisa interessante. Como eu te disse, eu sempre falei francês com eles e estudei no colégio francês até a 5ª série, e isso foi mais um fator de reforço da convivência com diferentes. Porque tinha colegas judeus lá, mas tinha principalmente colegas franceses, eu posso te citar de cabeça pelo menos umas 15 nacionalidades. Provavelmente você teve também essa experiência...

L. H. estudou em colégio metodista, mas tinha em casa uma forte cultura judaica. Ela pretende abrir o leque de opções culturais para seus filhos, mas sem perder de vista o judaísmo:

Olha, eu me sinto uma judia brasileira; em casa a gente sempre recebeu uma educação bastante... vou dizer assim, mista, porque meus pais sempre fizeram questão. Acho superlegal, admiro à beça que eles nunca colocaram a gente em colégio judaico, queriam que a gente visse o mundo da maneira que ele é, né? Isso eu também falo pro Michel, eu não gostaria que meu filho fosse (...) aquela cabeça quadradinha, judeuzinho, que não conhece mais nada do mundo lá fora, eu gostaria que ele tivesse uma cabeça um pouco mais aberta (...). Claro que eu quero que ele seja judeu, que ele case com uma judia, que mantenha as tradições, mas acho que ele tem que ver o mundo lá fora, e foi isso que meus pais fizeram. Porque eles tinham isso na cabeça. É, meus pais, eles botaram a gente em colégio metodista, eu estudei no Bennett, eu fazia todas as festas católicas, no colégio, e por outro lado eu tinha uma educação judaica em casa muito forte.

Essa oscilação permanente entre assimilação e tradição é um traço marcante da segunda geração de judeus do Egito. Eles não querem perder as referências egípcio-judaicas que receberam dos pais — herança que acalentam com carinho especial —, mas olham para a sociedade, querem integrar-se na escola, nos clubes, na sociedade não-judaica. A questão do pária, abordada por Arendt, não parece ter sido por eles resolvida. Não se sentem egípcios, eles afirmam, mas ao mesmo tempo se contradizem, valorizando as raízes ancestrais orientais.

Considerações finais

Propusemo-nos investigar aqui o processo de construção da identidade e da memória, bem como a transmissão de uma e outra, tomando por base uma série de entrevistas realizadas com um grupo de exilados do Egito que chegaram ao Rio de Janeiro como imigrantes em 1956/57 e procedendo a uma análise das categorias recorrentes em suas falas.

Na verdade, tratamos aqui de subjetividade, interpretação e análise. Os mergulhos internos de cada entrevistado resultaram em viagens por Egitos diferentes, mas que remetem aos mesmos temas, sentimentos e imagens. No ato de narrar eles foram revelando suas fragilidades, alguns medos e o desejo de reconstrução.

Ao longo do exercício analítico, ficou evidente que as representações do passado dessas pessoas constituem um caleidoscópio de visões, de pertencimentos. Quase todos têm dificuldade em aceitar a condição de exilado, preferindo a de imigrante. Durante as entrevistas, realizadas no ambiente doméstico, suas identidades se alternavam: ora o judeu-árabe saudoso de sua terra, ora o judeu sefaradita aprendendo a integrar-se na sociedade — homem e mulher brasileiros, definitivamente. Eles se reconstruíram com elementos brasileiros, ressignificando vivências e experiências inicialmente alheias às suas. A decoração de suas casas dá pouco destaque a objetos árabes. Se em 1957 eles ainda insistiam em trazer o Egito para dentro de suas casas e de suas cabeças, parece que essa imagem hoje se esfumaça nos seus apartamentos nos bairros cariocas.

As narrativas eram muito pessoais, quase íntimas, revelando segredos de um tempo passado, adormecido no porão do navio que os trouxe ao Rio. Tais segredos permitiram perceber a constante busca de equilíbrio na construção da identidade apoiada na memória fundadora. Nesse aspecto, a leitura de certos autores, hifenados ou não, foi especialmente importante na legitimação do objeto estudado.

> Cada vez mais, as culturas "nacionais" estão sendo produzidas a partir da perspectiva de minorias destituídas. O efeito mais significativo desse processo é a proliferação de "histórias alternativas dos excluídos", que produziriam, segundo alguns, uma anarquia pluralista. O que meus exemplos mostram é uma base alterada para o estabelecimento de conexões internacionais. (...) As grandes narrativas conectivas do capitalismo e da classe dirigem os mecanismos de reprodução social, mas não fornecem, em si próprios, uma estrutura fundamental para aqueles modos de identificação cultural e afeto político que se formam em torno de questões de sexualidade, raça, feminismo, o mundo de refugiados ou migrantes (...).[62]

Os sujeitos deslocados em suas sociedades, os estrangeiros, os fora de lugar, todos eles formam uma legião de indivíduos que, como linhas paralelas, não terão jamais um ponto em comum, já que essa identidade não é definitiva. Pode ser um estado de espírito momentâneo, que logo em seguida é suprimido ou transformado em outra condição mais concreta.

Essa não-definição, essas múltiplas vozes que ecoam neste livro, às vezes se sobrepondo ou se opondo umas às outras,

---

[62] Bhabha, 2001:25.

deixaram evidente a diversidade dos sujeitos dentro do contexto da história cultural, bem como a heterogeneidade das versões. As visões do Egito daquele dado momento eram verdadeiras caixas de Pandora particulares, de onde cada qual tirou seus brinquedos, suas dores e seus troféus. E também as sensações. Durante a análise das entrevistas procuramos abordar e aprofundar esse tipo de memória: a dos sentidos. Cada qual trouxe seu cheiro preferido e que ainda busca nas esquinas da cidade do Rio de Janeiro.

Alguns carregaram consigo seus utensílios de cozinha e suas latas de mantimentos; outros procuram a tal folha verde, a "*meloheia*", pelas feiras do Rio, para saborear o gosto do Egito. Nem por isso deixam de preparar feijoadas e caipirinhas onde quer que estejam. Essa soma de culturas e costumes é enriquecedora. A combinação de gostos, do cheiro do Mediterrâneo com a forte maresia do Atlântico, que se processa em cada um desses indivíduos e é aqui evidenciada em seus relatos nos permite perceber as negociações por eles empreendidas.

O tom confidencial de suas falas parece vir diretamente de seus imaginários. Nenhum deles recorreu a álbuns de fotografias para mostrar seus pais, avós, cidades, casas, clubes, praias. Ao iniciar a pesquisa, eu estava preparada para longas entrevistas com exibição de fotos, vendo nisso mais um recurso mnemônico. Essa falta de suporte material pegou-me de surpresa, pois num primeiro impulso pensei em perguntar-lhes se tinham fotografias do Egito. Entretanto, como decidira interferir o mínimo possível em suas falas, preferi considerar essa cegueira pictórica como silêncio e esquecimento, dois componentes da memória. Talvez eles tenham "se esquecido" de mostrar as fotografias ou, então, privilegiaram a imaginação e as palavras.

> O que é constitutivo da memória é o esquecimento. A memória é terrivelmente seletiva e concentra-se em alguns fatos. O esquecimento é de duas ordens: há um esquecimento do que parece insignificante e não merece ser lembrado, e há o esquecimento

ocultação, o esquecimento voluntário, aquele que não se quer lembrar, pois ele turva a imagem que se tem de si. A memória sabe também transformar consciente ou inconscientemente o passado em função do presente, tendo uma tendência particular a embelezar esse passado. Ela define-se também por sua capacidade de recorrer ao simbólico e por sua atitude de criar mitos, mitos que não são falsas visões da realidade, mas outra maneira de descrever o real, uma outra forma de verdade.[63]

Esse esquecimento visual se deu com todos os entrevistados. Não apresentaram o Egito dos anos de 1950 nem o atual. Talvez seja possível inferir que esse Egito, mais uma vez, é particular e não concretizável. Uma fotografia vulgarizaria o imaginário delicadamente construído por eles. As praias de Stanley, os restaurantes do Cairo, as sinagogas, os doces, os clubes, nada disso teria, em fotografia, a dimensão das imagens que cada um acalenta. Essa teia sutil e egoísta pressupõe também uma proteção: *seu* Egito permanece intocável diante da expulsão, do tempo, das mudanças. Sobrevive graças ao mistério não revelado, talvez inconscientemente. A narração tem uma força superior à de outras formas de contar histórias. Os filhos puderam ver seus pais crianças, casando, festejando, tanto lá quanto aqui. Como qualquer família estabelecida no Brasil, por exemplo. São fotografias tão curiosas quanto as da primeira metade do século XX podem ser para um jovem do século XXI. Deve ter sido melhor guardar esses Egitos deitados em álbuns de capa de couro com cantoneiras.

Analisando essas narrativas, percebe-se que esse lugar do passado é um não-lugar, uma representação que permanece no simbólico. Entretanto, é um lugar que muitas vezes é descrito com os verbos no presente. Nota-se, igualmente, um alto grau de to-

---

[63] Joutard, 2007.

lerância e aceitação dos entrevistados imigrantes em relação aos outros. C. A., o que mais mágoa trouxe do Egito, cercou seu passado de segredo, de modo que seus filhos não conheceram o sentimento surdo e doloroso da expulsão. Tampouco as alegrias do povo mediterrâneo.

Os filhos dos imigrantes são e se sentem brasileiros. Em seus relatos, o Egito é descrito como o local distante onde os pais passaram a juventude, eram felizes, faziam esporte e mantinham hábitos divertidos e curiosos. Ao falar de suas duas avós, uma do Egito e outra de ascendência européia, L. H. exalta o temperamento alegre da primeira, o clima festivo nos jantares em sua casa, a mesa sempre farta. Agrada-lhe o jeito árabe dessa avó. Para P. o Egito é uma forma de evocar o pai, já falecido. Esses dois entrevistados, assim como M., querem dar aos filhos uma orientação religiosa, de preferência em sinagogas sefaraditas, para preservar a religião judaica. D., por sua vez, não tem essa preocupação e credita à vocação cosmopolita de Alexandria, que lhe foi transmitida pelos pais, sua abertura cultural para o mundo, sem grilhões religiosos.

Cabe aqui um parêntese para falar da importância da entrevista como objeto de uma investigação teórica no campo da comunicação e, em particular, do jornalismo. Não se trata de discutir apenas as suas técnicas, mas também os propósitos a que ela serve, buscando um embasamento teórico na metodologia da história oral. A meu ver, alguns fundamentos na utilização desse método, tais como o reconhecimento do outro, as condições em que são realizadas as entrevistas, como tratar eticamente o entrevistado, como tratar o material coligido etc., necessitam de maior atenção por parte dos estudiosos nessa área.

Voltando ao nosso tema, pode-se afirmar, com base nas entrevistas realizadas, que o grupo aqui focalizado aciona eixos de identidades que convivem pacificamente, ou seja, a condição do árabe e a do judeu se fundem na nova identidade incorporada: a de brasileiro-judeu-árabe. Em seus depoimentos não parece haver ressentimento contra o governo que os expulsou; não condenam

Nasser. Não se pode afirmar que compreenderam e aceitaram a expulsão, mas viraram a página da guerra de Suez e reconstituíram seus pedaços semitas, até por uma questão de sobrevivência.

Eles se emocionam ao ouvir música árabe, freqüentam restaurantes libaneses, confraternizam e falam árabe com pares não-judeus. Nas festas judaicas — por exemplo, ao final do "Dia do Perdão", quando se quebra o jejum — servem-se pratos árabes, como *ful* (favas à egípcia), *homos*, *tahine*, quibe e pita (pão sírio), entre outras iguarias.

De certo modo, não pude deixar de me envolver emocionalmente nessas entrevistas. E percebi que — ao contrário do que imaginava — não pertenço propriamente à primeira geração, tendo-me identificado mais com a segunda, ávida de conhecimento sobre a trajetória desse grupo. O fato de eu ter nascido no Egito e ter crescido como apátrida não me alinhou a esses imigrantes, e sim aos seus filhos.

Por último, a questão da identidade judaica, exaustivamente estudada por diversos autores, a meu ver permanece em aberto. Ao longo da pesquisa, lidando com o jogo das identidades, pude constatar que a condição de judeu-egípcio-brasileiro é um processo que está em permanente construção.

BIBLIOGRAFIA

ACIMAN, André. *False papers*. New York: Farrar, Straus and Giroux, 2000. 182p.

ADORNO, T.; HORKHEIMER, M. *Dialética do esclarecimento*. Rio de Janeiro: Jorge Zahar, 1985.

ALBERTI, Verena. *História oral: a experiência do Cpdoc*. Rio de Janeiro: FGV, 1990.

_____. Editorial. *Boletim eletrônico da ABHO*, n. 21, jan. 2003.

AMADO, Janaína. A culpa nossa de cada dia. In: ANTONACCI, M. A.; PERELMUTTER, D. (Orgs.). *Ética e história oral*. São Paulo: Educ, 1997. p. 145-155. (Coleção Projeto História, 15).

_____; FERREIRA, M. (Orgs.). *Usos e abusos da história oral*. Rio de Janeiro: FGV, 1998.

ARANGUEN, J. L. *Comunicação humana, uma sociologia da informação*. Rio de Janeiro: Zahar; São Paulo: USP, 1985.

ARAÚJO, Maria Paula Nascimento. *A utopia fragmentada*. Rio de Janeiro: FGV, 2000. 190p.

ARENDT, H. *Imperialismo, a expansão do poder*. Rio de Janeiro: Documentário, 1976.

_____. *Sur l'antisémitisme*. Paris: Seuil, 1984.

_____. *La tradition cachée*. Paris: Editions 10/18, 1997.

AZOULAI, Minou. *Murmures d'Alexandrie*. Paris: J'ai lu, 1997. 223p.

BAKHTIN, Mikhail. *Questões de literatura e de estética*. São Paulo: Unesp, 1993.

BARROS, M. Lins de. Memória e família. *Estudos Históricos*, Rio de Janeiro, FGV/Cpdoc, n. 3, 1989.

BARTH, Fredrik. Grupos étnicos e suas fronteiras. In: POUTIGNAC, P.; STREIFF-FENART, J. *Teorias da etnicidade*. São Paulo: Unesp, 1997.

BAUDELAIRE, Charles. Correspondances. In: BAUDELAIRE, C. *Les fleurs du mal*. Paris: Calmann-Lévy, 1928.

BEININ, Joel. *The dispersion of Egyptian Jewry*. Berkeley: University of California Press, 1998.

BEN JELLOUN, Tahar. *Le racisme expliqué à ma fille*. Paris: Seuil, 1998.

BENEVIDES, Maria Victoria M. *O governo Kubitschek*. Rio de Janeiro: Paz e Terra, 1976.

BENJAMIN, Walter. *Charles Baudelaire, um lírico no auge do capitalismo*. São Paulo: Brasiliense, 1991.

_____. *Magia e técnica, arte e política*. São Paulo: Brasiliense, 1993.

BHABHA, Homi. *O local da cultura*. Belo Horizonte: UFMG, 2001.

BOSI, A. *Dialética da colonização*. São Paulo: Companhia das Letras, 1992.

BOSI, Ecléa. *Memória e sociedade*. São Paulo: Companhia das Letras, 1994.

BRESCIANI, Stella; NAXARA, Márcia. *Memória e ressentimento*. Campinas: Unicamp, 2001.

CABIN, Philippe (Org.). *La communication. Etat des savoirs*. Auxerre: Sciences Humaines, 1998.

CALOZ-TSCHOPP, M.-C. *Les sans-Etat dans la philosophie d'Hannah Arendt*. Lausanne: Payot, 2000.

CAMUS, Albert. *O estrangeiro*. Rio de Janeiro: Record, 1995.

CANCLINI, Nestor García. *Culturas híbridas*. São Paulo: Edusp, 1998.

CANETTI, Elias. *A língua absolvida: história de uma juventude*. São Paulo: Companhia das Letras, 1987.

CARNEIRO, M. L. *Anti-semitismo na era Vargas*. São Paulo: Brasiliense, 1986.

CHOURAQUI, André. *Histoire des juifs en Afrique du Nord*. Paris: Rocher, 1998. 293p.

_____. O povo da aliança. In: *A intolerância: Foro Internacional sobre a Intolerância*. Rio de Janeiro: Bertrand Brasil, 2000. p. 74-77.

CORBIN, Alain. *Saberes e odores*. São Paulo: Companhia das Letras, 1987.

DÉCHAUX, Jean-Hugues. *Le souvenir des morts*. Paris: Presses Universitaires de France, 1997.

DINES, A. *Morte no paraíso: a tragédia de Stefan Zweig*. Rio de Janeiro: Nova Fronteira, 1981.

_____. *O papel do jornal: uma releitura*. São Paulo: Summus, 1986.

DOURADO, Autran. *Gaiola aberta (Tempos de JK e Schmidt)*. Rio de Janeiro: Rocco, 2000. 228p.

DURRELL, Lawrence. *Le quatuor d'Alexandrie*. Paris: Buchet/Chastel, 1963.

ELKIN, J. *Jews in Latin America Republic*. Chapel Hill: University of North Carolina Press, 1980.

FAUSTO, Boris. *História concisa do Brasil*. São Paulo: USP, 2001.

FISCHER, M. Ethnicity and memory stratagems. In: CLIFFORD, J.; MARCUS, G. E. (Eds.). *Writing culture*. Berkeley, Los Angeles: University of California Press, 1986.

FRANÇOIS, E. A fecundidade da história oral. In: AMADO, J.; FERREIRA, M. (Orgs.). *Usos e abusos da história oral*. Rio de Janeiro: FGV, 1998.

FUKS, Betty. *Freud e a judeidade — a vocação do exílio*. Rio de Janeiro: Jorge Zahar, 2000.

GEERTZ, Clifford. *Nova luz sobre a antropologia*. Rio de Janeiro: Jorge Zahar, 2001.

GERMAIN, Marion. Le départ des juifs d'Egypte: 1948-1957. Le second Exode. *Tsafon. Revue d'Etudes Juives du Nord*, n. 35-36, 1998/99.

GUINSBURG, Jacó. *Aventuras de uma língua errante*. São Paulo: Perspectiva, 1997.

GINZBURG, Carlo. *Olhos de madeira — nove reflexões sobre a distância*. São Paulo: Companhia das Letras, 2001.

GRIN, Mônica. A diáspora minimalista: a crise do judaísmo moderno no contexto brasileiro. In: SORJ, B. (Org.). *Identidades judaicas no Brasil contemporâneo*. Rio de Janeiro: Imago, 1997.

HABERMAS, Jürgen. *Mudança estrutural da esfera pública*. Rio de Janeiro: Tempo Brasileiro, 1984.

HALBWACHS, M. *A memória coletiva*. São Paulo: Vértice, 1990.

_____. *Les cadres sociaux de la mémoire*. Paris: Albin Michel, 1994.

HALL, Stuart. *A identidade cultural na pós modernidade*. Rio de Janeiro: DP&A, 1999.

HASSOUN, Jacques. *Les contrebandiers de la mémoire*. Paris: Syros, 1994.

_____. *Alexandrie et autres récits de Jacques Hassoun*. Paris: L'Harmattan, 2001.

HOBSBAWM, E. A invenção das tradições. In: Hobsbawm, E.; RANGER, T. *A invenção das tradições*. Rio de Janeiro: Paz e Terra, 1984.

_____. *Era dos extremos*. São Paulo: Companhia das Letras, 1995.

_____. *Tempos interessantes. Uma vida no século XX*. São Paulo: Companhia das Letras, 2002.

HOLLANDA, H. B. (Org.). *Pós-modernismo e política*. Rio de Janeiro: Rocco, 1991.

ILBERT, Robert. Le symbole d'une Méditerranée ouverte au monde. In: ILBERT, R.; YANNAKAKIS, I. *Alexandrie 1860-1960*. Paris: Autrement, 1992. (Série Mémoires, 20).

_____. *Alexandrie 1830-1930*. Cairo: Ifao, 1996.

JOUTARD, Philippe. L'histoire orale: bilan d'un quart de siècle de réflexion méthodologique et de travaux. In: CONGRÈS DES SCIENCES HISTORIQUES, 18., 1995, Montréal. *Actes...* Montréal, Comité International des Sciences Historiques, 1995. p. 205-218.

_____. *Reconciliar história e memória*. Rio de Janeiro: Casa de Rui Barbosa, 2007.

KAHN, C. A third millennium of Jews in Germany. In: DENIS, P.; WORTHINGTON, J. (Eds.). *XIIth International Oral History Conference*. Pietermaritzburg: University of Natal, 2001. p. 317-332.

KORNIS, Mônica Almeida. *Sociedade e cultura nos anos 1950*. [s.d.]. Disponível em: <www.cpdoc.fgv.br/anos JK>.

KRAMER, Gudrun. *The Jews in modern Egypt*. London: University of Washington Press, 1989.

KRISTEVA, Julia. *Estrangeiros para nós mesmos*. Rio de Janeiro: Rocco, 1994.

LACOUTURE, Jean et Simone. *L'Egypte en mouvement*. Paris: Seuil, 1956.

LAGE, Nilson. *Linguagem jornalística*. São Paulo: Ática, 1998.

LAPIERRE, Nicole. L'occultation du nom après la Shoah. In: TRIGANO, S. (Ed.). *Le juif caché*. Paris: In Press, 2000. (Collection Pardès, 29).

LASKIER, Michael M. *The Jews in Egypt 1920-1970*. New York: New York University Press, 1992.

LEFTEL, Ruth. *A comunidade sefaradita egípcia de São Paulo*. Tese (Doutorado em História) — USP, 1997.

LEIBOVICI, Martine. La tradition cachée chez Hannah Arendt. In: TRIGANO, S. (Ed.). *Le juif caché*. Paris: In Press, 2000. (Collection Pardès, 29).

LERNER, Kátia. *Fragmentos do passado: histórias de vida de mulheres imigrantes judias*. Dissertação (Mestrado em Comunicação) — ECO/UFRJ, 1996.

LESSER, J. *O Brasil e a questão judaica*. Rio de Janeiro: Imago, 1995.

_____. *A negociação da identidade nacional*. São Paulo: Unesp, 2001.

LICIA, Nydia. *Ninguém se livra de seus fantasmas*. São Paulo: Perspectiva, 2002.

LOPES, Maria Immacolata. *Pesquisa em comunicação*. São Paulo: Loyola, 2001.

LOURENÇO, Eduardo. *Mitologia da saudade*. São Paulo: Companhia das Letras, 1999.

MARTIN-LAGARDETTE, Jean-Luc. *Le guide de l'écriture journalistique*. Paris: Syros, 2000.

MARX, K. *A questão judaica*. Lisboa: Moraes, s.d.

MEDINA, Cremilda de A. *Entrevista, o diálogo possível*. São Paulo: Ática, 1990.

MELO, J. M. *Comunicação social: teoria e pesquisa*. Petrópolis: Vozes, 1970.

MELLO E SILVA, Alexandra. *A política externa brasileira no cenário da Guerra Fria*. [s.d.]. Disponível em: <www.cpdoc.fgv.br/anosJK>.

MIZRAHI, Rachel. *Imigração e identidade. As primeiras comunidades judaicas do Oriente Médio em São Paulo e no Rio de Janeiro.* Tese (Doutorado em História) — USP, 2000.

MORAIS, F. *Chatô: o rei do Brasil.* São Paulo: Companhia das Letras, 1994.

MORIN, E. A entrevista nas ciências sociais, na rádio e na televisão. In: MOLES, Abraham et al. *Linguagem da cultura de massa.* Petrópolis: Vozes, 1973.

_____. *Cultura de massas no século XX: o espírito do tempo.* Rio de Janeiro: Forense Universitária, 1981.

_____. *Vidal et les siens.* Paris: Seuil, 1989.

_____. L'enjeu humain de la communication. In: CABIN, P. (Org.). *La communication. Etat des saviors.* Auxerre: Sciences Humaines, 1998. p. 33-40.

MOUSTAKI, Elisabeth. *Le joli temps avant la pluie.* Coligny: AAHA, 1996.

MOUSTAKI, Georges. *Les filles de la mémoire.* Paris: Livre de Poche, 2000.

MUXEL, Anne. *Individu et mémoire familiale.* Paris: Nathan, 1996.

NAMER, G. *Mémoire et société.* Paris: Méridiens Klincksieck, 1987.

NAVA, Pedro. *Viagem ao Egito, Jordânia e Israel.* São Paulo: Giordano, 1998.

NORA, P. Entre mémoire et histoire. In: NORA, P. *Les lieux de la mémoire.* Paris: Gallimard, 1986.

OLIVEIRA, Roberto C. de. *Identidade, etnia e estrutura social.* São Paulo: Pioneira, 1976.

PEREIRA, João B. Borges. *A sociedade plurirracial brasileira — integração e aculturação de imigrantes negros.* s.d. ms.

PERRAULT, Gilles. *Un homme à part.* Paris: Barrault, 1984.

POLLAK, M. Memória, esquecimento e silêncio. *Estudos Históricos,* São Paulo: Vértice, n. 3, 1989.

PORTELLI, A. Tentando aprender um pouquinho. Algumas reflexões sobre a ética na história oral. In: ANTONACCI, M. A.; PERELMUTTER, D. (Orgs.). *Ética e história oral.* São Paulo: Educ, 1997. (Coleção Projeto História, 15).

PROUST, Marcel. *No caminho de Swann.* Porto Alegre: Globo, 1981a.

_____. *À sombra das raparigas em flor.* Porto Alegre: Globo, 1981b.

RICOEUR, Paul. *Entrevista a Jean Blain.* Out. 2000. Disponível em: <www.lire.fr>.

ROLLEMBERG, Denise. *Exílio entre raízes e radares.* Rio de Janeiro: Record, 1999.

ROSSANT, Colette. *Mémoires d'une Égypte perdue.* Paris: Albin Michel, 1999.

ROUCHOU, Joëlle. História oral: entrevista-reportagem *versus* entrevista-história. *Revista Brasileira de Ciências da Comunicação,* São Paulo, v. 23, n. 1, jan./jun. 2000.

ROUX, Dominique de. *Gamal Abdel Nasser.* Lausanne: L'Âge d'Homme, 2000.

SANTOS, Joaquim Ferreira dos. *Feliz 1958 — o ano que não deveria terminar.* Rio de Janeiro: Record, 1998.

SAMUEL, R.; THOMPSON, P. (Eds.). *The myths we live by.* London: Routledge, 1990.

SANUA, Victor. The vanished world of Egyptian Jewry. *Judaism, a Quarterly Journal,* New York, v. 43, n. 170, 1994.

SARTRE, Jean-Paul. *Réflexions sur la question juive.* Paris: Gallimard, 1954.

SAYAD, Abdelmalek. *A imigração.* São Paulo: USP, 1998.

SKIDMORE, T. *Brasil: de Getúlio a Castelo.* São Paulo: Paz e Terra, 1979.

SODRÉ, Muniz. *O monopólio da fala*. Petrópolis: Vozes, 1977.

_____. *O Brasil simulado e o real*. Rio de Janeiro: Rio Fundo, 1991.

_____; FERRARI, M. H. *Técnica de reportagem. Notas sobre a narrativa jornalística*. São Paulo: Summus, 1986.

SODRÉ, N. W. *História da imprensa no Brasil*. São Paulo: Martins Fontes, 1983.

SOLÉ, Robert. *L'Egypte, passion française*. Paris: Seuil, 1997.

SORJ, Bila (Org.). *Identidades judaicas no Brasil contemporâneo*. Rio de Janeiro: Imago, 1997.

VELTMAN, Henrique. *A história dos judeus no Rio de Janeiro*. Rio de Janeiro: Expressão e Cultura, 1998.

VERNANT, J. P. Aspectos míticos da memória e do tempo. In: VERNANT, J. P. *Mito e pensamento entre os gregos*. São Paulo: Difel, 1973.

WALLENBORN, H. Les attitudes de l'historien face aux témoins. In: SÉMINAIRE LES SCIENCES HUMAINES ET LE TÉMOIGNAGE ORAL: DE LA SOURCE À L'ARCHIVE, *Annales...* Six-en-Provence: MMSH, 2000.

WEBER, Max. *Economia e sociedade — fundamentos da sociologia compreensiva*. Brasília, DF: UnB, 1994.

_____. *Le judaïsme antique*. Paris: Pocket, 1998.

!mpresso por:

Artes Gráficas

Tel/Fax: (21) 2159 7979
E-mail: edil@edil.com.br